LA SOLIDARITÉ CHEZ LES PLANTES,
LES ANIMAUX, LES HUMAINS

Jean-Marie Pelt est professeur émérite de biologie végétale et de pharmacologie à l'université de Metz et président de l'Institut européen d'écologie. Il a publié de nombreux ouvrages chez Fayard.

Paru dans Le Livre de Poche :

L'Avenir droit dans les yeux

C'est vert et ça marche !

Les Épices

Les Langages secrets de la nature

La Loi de la jungle

Mes plus belles histoires de plantes

Nouveau tour du monde d'un écologiste

Plantes en péril

La Raison du plus faible

La Terre en héritage

JEAN-MARIE PELT

en collaboration avec Franck Steffan

La Solidarité
chez les plantes, les animaux, les humains

FAYARD

ISBN : 978-2-253-11423-9 – 1re publication - LGF

AVERTISSEMENT

Dans *La Loi de la jungle*, parue en 2003, nous avons mis en scène les mœurs et comportements agressifs des plantes, des animaux et des êtres humains. L'agressivité, expression de l'omniprésente lutte pour la vie, est indissociable des processus vivants. Le darwinisme, et plus encore le « darwinisme social » que n'aurait peut-être pas avalisé Darwin lui-même, a conféré à l'agressivité ses lettres de noblesse. Il en a fait le moteur premier de la vie dans la nature comme dans la société. Or ce moteur a été singulièrement freiné par la mise en place, au cours de l'évolution, de mécanismes qui atténuent et même inhibent, chez de nombreuses espèces, les comportements agressifs. De son côté, par ses cultures, ses philosophies, ses religions, l'humanité a tenté de même, quoique avec un succès mitigé, de réduire les comportements belliqueux si puissants au sein de notre espèce. Partout l'agressivité demeure, mais bridée et contenue de manière à éviter l'autodestruction des espèces vivantes, y compris la nôtre – du moins l'espérons-nous !

Par ailleurs, au-delà de la loi de la jungle, face aux comportements agressifs et compétitifs, l'évolution n'a cessé de mettre en œuvre, les équilibrant du même coup, des mécanismes et des comportements coopératifs, créant des symbioses élaborées et d'étroites solidarités entre individus et espèces. À chaque étape de l'évolution des êtres vivants, dans tous les écosystèmes – la société humaine y compris –, ces solidarités apparaissent en fait comme le vrai moteur de la vie.

C'est ce que cet ouvrage, qui complète le précédent, entend démontrer. Loin d'épuiser le sujet, il met en lumière le fonctionnement souvent surprenant de symbioses très suggestives à travers lesquelles la vie déploie l'art et la manière de « vivre ensemble » en coopération et en paix. Elle nous fournit, de ce point de vue, d'utiles modèles qui pourraient et devraient inspirer nos propres comportements, les axant toujours davantage vers plus d'entente et de solidarité.

Vers l'ère des dauphins ?

Bref récit

— Par pitié, assez de ces hurlements ! C'est une ambassade, ici, pas une nurserie !

— Mais, Votre Honneur, il s'agit de votre fils Théo. Il pleure la mort de son fidèle ami Léo. Il s'en veut de ne pas s'être occupé de lui. Léo est mort de faim et de soif.

— Pauvre petit : il se sent responsable et coupable… Je m'en vais lui parler.

— Bien, Votre Honneur.

Monsieur l'Ambassadeur se rend à la loge de Théo, et le trouve en sanglots.

— Père, dit Théo, j'ai tué Léo. Je l'ai oublié toute une journée, et il est mort.

— Je sais combien tu aimais ce chien. Mais nous pouvons tout recommencer. Veux-tu que Léo revienne auprès de nous, auprès de toi ? Tu sais bien que ce n'était pas un vrai chien, seulement un hologramme. Nous allons le réinitialiser et nous l'aurons de nouveau parmi nous…

Nous sommes en 2120. La planète est dans un état lamentable. La grande crise écologique a commencé au début du XXIe siècle ; depuis lors, les catastrophes se sont succédé à une cadence infernale. En 2014, tous les chiens ont succombé. Il a fallu trois ans pour identifier la cause de cette hécatombe : la nourriture standard pour chiens, fabriquée par la multinationale Montecano, avait déclenché une extraordinaire épidémie de paralysie fulgurante. Celle-ci était imputable à un nouvel agent pathogène jusqu'alors inconnu, lié à la consommation par les canins de leur nourriture usuelle, le « compact micro-équilibré génétiquement modifié ». Aussitôt, tous les OGM furent retirés du marché, mais la race canine, elle, n'avait pas survécu.

Puis il y avait eu ces accidents climatiques toujours redoutables. Cela avait commencé par les tempêtes, les inondations, les canicules des toutes premières décennies du XXIe siècle. En cent ans, la température moyenne du globe avait augmenté de 6 °C. Alors tout s'était emballé : les forêts avaient été dévorées par le feu, des crues catastrophiques avaient dévasté l'hémisphère Nord, y faisant des millions de morts. Au pire de la crise, en 2054, l'Assemblée générale des Nations unies s'était autoproclamée « gouvernement planétaire » et avait décidé la levée d'un impôt mondial de solidarité écologique destiné à lutter contre le réchauffement climatique. Des campagnes de reboisement massif avaient été menées et l'épuisement des réserves pétrolières avait favorisé la généralisation du moteur à hydrogène non polluant (puisqu'il ne rejette que de l'eau). Mais rien n'y fit ! Le climat était irrémédiablement détraqué, faisant alterner inondations, sécheresses, famines. Il fallut mettre en œuvre des politiques drastiques de régulation des naissances pour limiter la croissance de la population mondiale. On ne parlait plus de libéralisme, de croissance économique, de progrès. L'humanité était mobilisée tout entière par la lutte pour sa survie, sous l'égide d'un gouvernement planétaire pressé de mettre en œuvre un programme écologique aussi global qu'ambitieux... et pourtant déjà insuffisant !

Et puis il y avait eu cette stupéfiante découverte des chercheurs de l'université de Copenhague spécialisés dans l'étude des dauphins. En 2094, ils annoncèrent que ceux-ci avaient réussi à décrypter notre langage, comme nous étions parvenus à comprendre le leur. La communication était devenue possible entre eux et nous. On découvrit avec stupeur que l'intelligence de cette espèce était sur le point d'égaler la nôtre. Que s'était-il passé ? Une mutation décisive dans leur patrimoine génétique ?

Nul n'en savait rien, mais les rapports entre humains et dauphins prirent une tournure telle que ceux-ci désignèrent un ambassadeur auprès des hommes, et vice versa.

Telles étaient précisément les fonctions du père de Théo. Ce jour-là, il allait rencontrer l'ambassadeur des dauphins dont les attributions englobaient la représentation de tous les cétacés. Ils devaient signer un protocole en vue d'une étroite collaboration afin de se partager un ample banc de poissons dont on signalait l'arrivage en provenance de l'Arctique !

La gestion de la planète était désormais parcimonieuse et strictement régulée. On gérait la pénurie en tentant de faire face au mieux aux catastrophes climatiques qui se relayaient. L'homme avait bel et bien rompu les grands équilibres de la Terre.

Sous l'autorité d'un homme à poigne universellement estimé, le pasteur Chandhri, le gouvernement planétaire tentait de reprendre les choses en mains. La priorité était passée de l'économie à l'écologie. Désormais, le maître mot était « solidarité ». C'en était fini de la concurrence acharnée entre individus, entreprises, nations. L'impératif de défense de l'environnement, reconnu comme une priorité absolue, avait relégué la course au « toujours plus ». Le monde entier s'était mobilisé pour tenter de limiter les dégâts.

Face à une nature déchaînée, l'homme-démiurge se sentait désormais tout petit. Il avait enfin compris qu'il ne survivrait qu'au prix de très lourds sacrifices. Mais peut-être était-il déjà bien tard ?

LIVRE 1

Chez les végétaux

On a souvent besoin d'un plus petit que soi

À la découverte de la toute première cellule

La Terre, aujourd'hui âgée de 4,5 milliards d'années, n'avait pas encore atteint son milliardième anniversaire. C'était l'ère des grandes turbulences. Une atmosphère dense, grise et sans oxygène couvrait la planète d'un épais cocon traversé par un flux intense d'ultraviolets solaires. Faute d'oxygène, il n'y avait pas encore dans la haute atmosphère, comme aujourd'hui, de couche d'ozone indispensable à la protection de la vie contre ces rayons ultraviolets du soleil. Les orages étaient violents, les éclairs zébraient le ciel, l'activité volcanique était vive et incessante, les météorites nombreuses. Les roches émettaient un fort rayonnement radioactif. Bombardées par ces flux d'énergie, les molécules formant l'atmosphère primitive de la Terre s'agencèrent en se combinant pour former les briques élémentaires – sucres et acides aminés, notamment – qui constituent la matière vivante.

Telle est l'idée que l'on se fait des origines de la vie ; des expériences menées en laboratoire et simulant les conditions régnant sur cette Terre juvénile ont d'ailleurs conduit à la synthèse de ces molécules constitutives de tous les tissus vivants. Puis d'autres hypothèses se firent jour. L'une d'elles situe la naissance de la vie au fond des océans, dans le flux des sources thermales sous-marines où l'énergie provient directement de la chaleur du manteau terrestre. L'une et l'autre hypothèses ne s'excluent d'ailleurs pas. Enfin, la découverte de nombreuses molécules organiques sur des météorites a fait resurgir l'hypothèse du Suédois Arrhenius qui, à la fin du XIXe siècle, voyait les origines de la vie dans une sorte d'ensemencement cosmique de notre jeune planète par des germes de vie venus d'ailleurs.

Ce faisceau d'hypothèses repose sur un fait incontestable : la vie a commencé par une coopération entre atomes d'abord, puis entre molécules. Avant elle encore, la molécule d'eau indispensable à son éclosion a été le fruit d'une association réussie entre un atome d'oxygène et deux atomes d'hydrogène. Bien plus tard, des molécules déjà complexes s'associèrent à leur tour pour former ces fameux filaments d'ADN dont la duplication permet aux êtres vivants de manifester l'une des caractéristiques essentielles de la vie : l'aptitude à se reproduire.

Le biologiste allemand Reichholf situe la véritable origine de la vie dans l'addition, survenue un jour, de brins d'ADN flottant dans l'océan primitif et de microsphères (infimes gouttelettes) constituées de protéines et de sucres, formant l'ébauche des corps cellulaires. Dès lors, les constituants élémentaires de la vie se trouvaient assemblés sous la forme d'une cellule dont le contenu assure le bon fonctionnement des métabolismes et dont l'ADN porte son aptitude à se dupliquer.

L'hypothèse de Reichholf suppose donc l'addition d'éléments jusque-là isolés et engendrant par leur symbiose les plus ancestrales des bactéries. À la coalition des atomes formant les molécules constitutives de la vie auraient succédé d'autres symbioses décisives entre ces molécules. Bref, il est impossible d'imaginer la mise en œuvre des processus vitaux sans évoquer les coopérations et symbioses qui permettent le passage du simple au complexe, de l'inanimé au vivant.

Puis vint le règne des bactéries, qui se perpétua sans partage durant deux milliards d'années. Certaines surent adjoindre à leur corps cellulaire microscopique une précieuse molécule : la verte chlorophylle grâce à laquelle elles purent, à partir du gaz carbonique de l'air et de l'eau de l'océan, fabriquer des sucres tout en dégageant le déchet gazeux de cette réaction dite de photosynthèse : l'oxygène. Ces « cyanobactéries », encore qualifiées d'algues bleues, mirent ainsi en œuvre le processus par lequel l'atmosphère primitive de la Terre se chargea d'oxygène, lequel, sous l'influence du rayonnement solaire, permit la constitution de la fameuse couche d'ozone qui allait désormais protéger la surface du globe des rayons solaires mortels et permettre ainsi la diversification des êtres vivants. Plus tard, ce même oxygène autoriserait l'émergence du monde animal tributaire de la respiration.

Deux milliards d'années passèrent, puis un nouvel événement décisif se produit par suite d'un remarquable phénomène de symbiose : une grosse bactérie capte deux minuscules bactéries, peut-être tout simplement pour s'en nourrir. L'une est une algue bleue capable d'effectuer la photosynthèse ; l'autre, une bactérie performante du point de vue énergétique. Le résultat de cette symbiose est la cellule végétale telle que nous la connaissons aujourd'hui, équipée de ces deux symbiotes [1] présumés : le chloroplaste [2] vert et la mitochondrie [3] énergétique. Il n'existe aujourd'hui aucun type intermédiaire entre les cellules bactériennes, les protocaryotes, et les cellules complètes pourvues d'un

1. Être vivant en symbiose étroite avec un autre être.

2. Corpuscule des cellules végétales porteur de chlorophylle et siège de la photosynthèse.

3. Organite composant les cellules et producteur d'énergie.

noyau, de chloroplastes et de mitochondries, dites eucaryotes.

Tout se passe comme si la seule façon d'interpréter la genèse de la cellule complète était de faire appel à une symbiose au cours de laquelle mitochondrie et chloroplaste auraient été annexés par une sorte de mégabactérie ; telle est du moins la thèse défendue par Lynn Margulis et aujourd'hui communément admise.

Si le nom de Margulis est désormais étroitement associé à la théorie symbiotique de l'origine de la cellule eucaryote, il serait néanmoins injuste de ne pas citer celui de Portier qui écrivait dès 1918 : « Chaque cellule vivante renferme dans son protoplasme des formations que les biologistes désignent sous le nom de mitochondries. Ces organismes ne seraient pour moi autre chose que des bactéries symbiotiques et que je nomme des symbiotes [...]. Dans l'immense majorité des cas, l'adaptation des symbiotes au milieu cellulaire est devenue si parfaite, leur transformation est devenue si profonde, que l'association est très difficile et probablement même impossible à rompre. Le micro-organisme est définitivement domestiqué, il est incapable de vivre en dehors de sa cellule[1]. »

L'histoire a été injuste envers Portier comme elle l'a été envers d'innombrables autres pionniers ou découvreurs. On se souvient du rôle déterminant qu'ont joué les docteurs Lister et Tyndall dans la découverte – bien avant Fleming – des antibiotiques. Tout se passe en ce domaine comme si les mérites d'une découverte ou d'un acte héroïque étaient attribués à un seul, alors même que beaucoup s'y employèrent. Christophe Colomb a évincé la mémoire des Vikings, premiers découvreurs de

1. Paul Portier, *Les Symbiotes*, Masson, 1918.

l'Amérique ; Barthélemy Diaz et Vasco de Gama, celle des navigateurs dieppois, sans doute les premiers à contourner le sud de l'Afrique. Quant aux Chinois, ils ont inventé l'imprimerie au IXe siècle, bien avant Gutenberg. Bref, tout démontre que l'histoire préfère mettre en scène ceux qui purent conférer une vaste publicité à leurs hauts faits. N'en va-t-il pas de même pour Charles Darwin qui éclipse toujours durablement le rôle pourtant déterminant du chevalier Jean-Baptiste de Lamarck dans l'émergence du concept d'évolution ?

La symbiose d'une cyanophycée et d'un eucaryote semble être dans la nature une « formule qui marche ». Aussi l'a-t-elle répétée maintes fois, organisant des symbioses performantes qui se perpétuent sous nos yeux. Les *Glaucocystis* sont des algues incolores, unicellulaires et immobiles qui ont perdu l'aptitude à réussir la photosynthèse. Dans ces cellules s'observent immanquablement des corps ovoïdes de couleur turquoise, jadis considérés comme des chloroplastes. Ce sont en fait des cyanophycées[1] symbiotiques qui assurent la photosynthèse pour leur propre compte, mais aussi pour celui des *Glaucosystis*.

Mais de telles symbioses ne se limitent pas aux seuls êtres unicellulaires. Dans le monde des plantes à fleurs, les étranges *Gunnera* d'Afrique, d'Amérique du Sud ou d'Indonésie réalisent aussi de telles symbioses. Ils hébergent dans leurs cellules des cyanophycées du genre nostoc. Celles-ci vivent sous forme de masses gluantes dans les tissus externes de la tige et constituent l'une des singularités de ces plantes monstrueuses dont les feuilles peuvent posséder des pétioles de quatre mètres de long et une envergure de deux mètres ! Ces feuilles géantes qui

1. Algues très anciennes, de même structure que les bactéries, contenant de la chlorophylle.

évoquent celles de la rhubarbe, mais en beaucoup plus grand, battent le record de taille absolu pour une plante herbacée. Les habitants du Chili et du Pérou consomment d'ailleurs les jeunes pousses comme font les Européens des pétioles de rhubarbe. Chez le *Gunnera manicata*, communément cultivé dans les parcs et jardins botaniques, les sites d'hébergement des nostocs se situent juste à la base des pétioles.

Étrange et mystérieuse symbiose chez une plante qui effectue pourtant copieusement – pour ne pas dire triomphalement – la photosynthèse dans ses feuilles immenses et qui héberge ces supplétifs microscopiques dans ses tissus ! On peut d'ailleurs s'interroger sur l'efficacité de cette symbiose quand on sait que, faute d'un éclairement suffisamment intense, les cellules de nostoc fixées dans les profondeurs des tissus du *Gunnera* ont des possibilités photosynthétiques réduites. Que font-elles donc là ? Acte gratuit de la nature ? Il advient même que ces cyanophycées symbiotiques, par manque de lumière, finissent par perdre leurs pigments chlorophylliens ; elles deviennent dépendantes de leur hôte qui, dès lors, leur assure le gîte et le couvert…

Mais si ces cyanophycées perdent leurs capacités photosynthétiques, elles n'en conservent pas moins l'aptitude à fixer dans les tissus qui les hébergent l'azote de l'air. C'est donc bien toujours d'une symbiose qu'il s'agit, mais d'une autre nature.

De telles symbioses à base d'algues bleues, c'est-à-dire de cyanophycées, ont été mises à profit en riziculture. Ici la symbiose porte sur une belle petite fougère aquatique du genre *Azolla*, quasi lilliputienne. Les frondes de ces mini-fougères sont pourvues d'une crypte qui communique avec l'extérieur. Dans ces cryptes vivent des chaînettes turquoise plus ou moins entortillées représentant des colonies d'une cyanophycée, l'*Anaboena azollae*, particulièrement performante dans l'art de fixer l'azote libre de l'atmosphère. En Extrême-Orient, des manteaux d'*Azolla* flottent librement sur les rizières ; puis, au fur et à mesure que le riz pousse, les minuscules frondes flétrissent et tombent au fond de la rizière qu'elles enrichissent en azote, lequel est aussitôt assimilé par les plantules de riz.

Ainsi passe-t-on, par l'effet d'une sorte de fondu enchaîné, de la grande symbiose historique de la cellule eucaryote où la cyanophycée apporte son pouvoir photosynthétique sous forme de chloroplaste, à des formes de symbiose beaucoup plus spécialisées où c'est la capacité de la cyanophycée à fixer l'azote atmosphérique qui est recherchée par l'hôte. Celui-ci bénéficie dans le premier cas d'une nutrition carbonée assurée par la photosynthèse ; dans le second, d'une meilleure nutrition azotée. Dans l'un et l'autre cas, l'hôte recherche la compagnie d'un plus petit que soi.

L'histoire de la cellule eucaryote ne s'arrête pourtant pas là, car voici que cette cellule, fruit d'une brillante symbiose, s'associe à son tour à d'autres cellules homologues, la vie passant du stade monocellulaire aux grands édifices que sont les plantes et les animaux pluricellulaires. En leur sein, des tissus et des organes se spécialisent, coopérant intimement à l'équilibre de l'ensemble. On débat encore sur les mécanismes et les processus qui ont conduit à l'édification des êtres pluricellulaires par symbiose et coopération entre cellules eucaryotes. Plusieurs hypothèses ont été envisagées [1]. Contentons-nous de constater que le saut décisif dans l'organisation du vivant est dû à nouveau à un phénomène de symbiose qui, comme nous aurons maintes occasions de le vérifier,

1. On se reportera sur ce sujet à notre ouvrage *De l'univers à l'être, réflexions sur l'évolution*, Fayard, 1996.

est bien l'acte fondateur de chaque nouvelle étape de l'histoire de la vie.

En fait, les premiers êtres pluricellulaires vivaient eux-mêmes en symbiose avec des algues unicellulaires. Tel a été le cas des premiers métazoaires, animaux apparus dans l'océan à la fin du précambrien, il y a environ 700 millions d'années, et dont les fossiles ont été découverts à Ediacara, en Australie. Ces étranges créatures avaient la forme d'un disque et, pour les plus grandes, atteignait un mètre de diamètre contre seulement six millimètres d'épaisseur. Ce rapport élevé surface/volume favorisait l'absorption de la lumière nécessaire à l'activité photosynthétique des algues qui leur étaient liées, sans lesquelles ces tout premiers métazoaires n'auraient sans doute pu s'approprier la nourriture nécessaire à leur subsistance. Ici la plante vient au secours de l'animal pour le nourrir par symbiose et non par prédation.

Aventures matrimoniales chez les lichens

Il y a un milliard et demi d'années, la nature inventa donc dans les océans, par symbiose, la cellule eucaryote, élément constitutif de tous les organismes vivants, végétaux et animaux, à l'exclusion des bactéries. Ces cellules, véritables unités élémentaires de la vie, aux rouages déjà fort complexes, inventèrent à leur tour un processus original pour se reproduire : la sexualité.

La sexualité est l'une des plus brillantes inventions de la nature. Procédant à nouveau par un mécanisme additif et coopératif, elle unit deux cellules : l'ovocyte et le spermatozoïde, pour n'en fabriquer qu'une, l'œuf. Étrange addition, en vérité, que ce 1 + 1 = 1. L'œuf détient une part d'hérédité paternelle et une part d'hérédité maternelle, mais il n'est en aucune manière une réplique exacte du patrimoine héréditaire de ses deux parents : comme le veut l'adage, « en faisant un œuf, la vie fait du neuf », car la cellule œuf possède un patrimoine génétique qui lui est propre : en se formant, en effet, les gamètes n'ont emprunté qu'une partie du patrimoine du père ou de la mère, variable de l'un à l'autre.

Ainsi la sexualité, en réalisant la fusion parfaite de deux gamètes, pousse à son niveau maximum un processus de symbiose coopérative où les éléments constituants fusionnent littéralement pour donner un nouvel individu. Au hit-parade des symbioses, la formation de l'œuf, dont nous dérivons tous, mérite bien la première place.

Cette étrange addition par laquelle 1 + 1 = 1, nous la retrouvons dans le monde insolite des lichens. Le lichen est un individu végétal résultant de l'étroite symbiose entre une algue et un champignon ; un être double, en somme, mais qui possède une authentique individualité. Pour parvenir à ce constat, il fallut de longues observations qui débouchèrent sur une violente polémique entre spécialistes opposant à la fin du XIXe siècle le Finlandais Nylander, le meilleur lichénologue de son époque, au Suisse Schwendener dont les travaux, publiés en 1867, démontraient la double constitution des lichens, considérés jusque-là comme des êtres simples, à l'instar de toutes les autres espèces végétales ou animales. La découverte de Schwendener suscita de sévères critiques de la part du Finlandais qui tint à l'égard de son jeune collègue suisse des propos d'une rare violence : il prétendit par exemple que l'idée de la nature symbiotique des lichens était aussi absurde que celle qui eût consisté à avancer que le foie et la rate sont des parasites des mammifères ! Pourtant, les observations s'accumulant, la vérité finit par s'imposer. Mais Nylander s'obstina jusqu'au bout : abandonné par tous ses collègues, il mourut à Paris en 1899 dans un complet isolement intellectuel.

Les lichens illustrent un concept de base de la théologie chrétienne issu du concile de Nicée : dans le Christ se conjoignent en une seule personne deux natures, l'une divine, l'autre humaine. De même, un lichen est un individu unique fait de deux natures, l'une fongique, l'autre algale. Si les théologiens étaient aussi naturalistes, ils pourraient utilement avoir recours à cette métaphore !

L'algue est en général une algue verte ; mais elle peut

être aussi, dans certains cas, une cyanobactérie. Dès lors qu'elle est associée aux filaments du champignon, la synthèse des deux êtres en un seul confère à ce dernier des propriétés nouvelles que ne présentent ni l'un ni l'autre des deux éléments constitutifs, en particulier une robustesse sans égale dans la nature. Que voit-on poindre en premier lieu sur un rocher, sur une pierre tombale ou sur une souche, si ce n'est des lichens ? Cette aptitude à coloniser les milieux les plus inhospitaliers et à y installer les premières traces de vie leur confère le statut de pionniers qui leur est unanimement reconnu. Mais, pour cela, ils prennent tout leur temps, car leur croissance est lente : elle peut tomber, sur des substrats très hostiles, à moins de 0,1 millimètre par an. C'est à ce rythme qu'ils élaborent par photosynthèse les premiers éléments de matière organique, transformant ainsi le milieu, rendu du même coup fertile et accueillant à d'autres espèces qui pourront à leur tour le coloniser. Puis celles-ci prendront leur essor après avoir pris pied sur le lichen et s'en être nourri jusqu'à finalement l'éliminer.

On reconnaît là un processus bien connu dans la nature comme dans la société, où la vie élimine les pionniers là où elle n'aurait pu justement se développer sans eux. Les origines se cachent sous les commencements, disait Heidegger. Et, de fait, les pionniers sont vite oubliés, voire liquidés, leurs successeurs ne manquant jamais de s'arroger leur héritage. Tel fut bien, de tout temps, le sort des avant-gardes et des prophètes [1].

Cette faculté de coloniser la roche nue tient à l'aptitude des lichens à vivre dans des conditions extrêmes. Certains ont survécu après un séjour de dix-huit heures

1. On pourra se reporter sur ce thème à mon ouvrage *La Vie sociale des plantes*, Fayard, rééd. 1985.

à la température de l'oxygène liquide : – 183 °C, voire à une température proche du zéro absolu : – 273 °C ! D'autres ont supporté une exposition à 100 °C pendant plusieurs heures. Lorsque les conditions deviennent par trop sévères, ils ont, il est vrai, la capacité de se recroqueviller sur eux-mêmes et de cesser tout échange avec le milieu extérieur, quitte à recouvrer leur vigueur quand les conditions redeviennent plus favorables : c'est le phénomène de reviviscence propre aux végétaux primitifs, par lequel la plante tout entière adopte le mode de fonctionnement des graines, c'est-à-dire un mode de vie extrêmement ralenti.

Tel est le secret de l'extrême résistance des lichens. Alors qu'il n'existe que deux espèces de plantes à fleurs sur le continent antarctique, on y a décelé environ trois cents espèces de lichens survivant sur les côtes recouvertes de glace. On en a même trouvé au cœur du continent lui-même, vivant dans des conditions extrêmes sous des éboulis granitiques qui les protègent. Pour les mêmes raisons, les lichens détiennent le record d'altitude : *Lecanora polytropa* a été observé à 7 400 mètres dans l'Himalaya… C'est sans doute la plante la plus haute du monde.

Ainsi, que ce soit en latitude ou en altitude, les lichens dessinent toujours la première zone de végétation après la banquise ou le glacier.

Les vingt mille espèces de lichens connues affectent des formes et des structures extrêmement variées : les uns, les crustacés, incrustent étroitement le minéral qui leur sert de support et avec lequel ils semblent ne faire qu'un ; d'autres, les foliacés, ressemblent, comme leur nom l'indique, à des structures foliaires ; d'autres encore, les fruticuleux, très ramifiés, évoquent de minuscules arbustes.

Mais, au sein même du lichen, l'union entre les deux

partenaires est solide et durable : livré à lui-même, le champignon ne produit qu'un amas de cellules désorganisées ; il en va de même pour l'algue. Seule leur rencontre crée un individu spécifique.

Observés à la loupe, les lichens révèlent la beauté de leurs architectures d'où émergent les organes reproducteurs du champignon, aux formes et aux couleurs on ne peut plus délicates. On croit y voir des œuvres d'art non figuratives du plus bel effet. On estime à treize mille cinq cents le nombre d'espèces fongiques susceptibles de s'engager dans la symbiose lichénique, tandis que le nombre d'espèces d'algues vertes ou de cyanobactéries compatibles avec ce mode de vie est nettement plus modeste.

Classiquement, on considère que le champignon apporte à l'algue l'eau et les sels minéraux dont elle a besoin pour effectuer la photosynthèse ; en l'enveloppant de ses filaments, il empêche sa déshydratation. En fait, le champignon prend grand soin de la bonne santé des algues dont il partage la vie ; il peut aller jusqu'à les envelopper d'une sorte de gel hydrophobe afin de les protéger de la sécheresse qui leur serait fatale. Ce gel favorise le contact et la circulation des métabolites [1] élaborés par les deux organismes. Le champignon enlace quasi amoureusement l'algue avec laquelle il mène une vie commune, en sorte que, comme le dit la Bible de l'homme et de la femme, tous deux « ne font plus qu'une seule chair ».

De son côté, l'algue chlorophyllienne effectue la photosynthèse et nourrit le champignon des sucres qu'elle élabore. Elle est le producteur ; le champignon, dépourvu de chlorophylle, est le consommateur.

1. Produit de transformation d'une molécule au sein d'un tissu vivant.

C'est en 1879 que de Bary introduisit la notion de *symbiose*, association à bénéfices mutuels, pour désigner ce genre d'union. Selon lui, le champignon cultive l'algue en son sein comme l'homme élève des animaux domestiques pour se nourrir.

L'algue et le champignon contrôlent mutuellement leur croissance : l'algue apporte des vitamines utiles au champignon, lequel élabore des substances antibiotiques qui protègent la croissance de l'algue. Les deux partenaires vivent ainsi en parfait équilibre.

Mais la symbiose va plus loin que ce simple échange de services. On estime à plus de trois cents le nombre de molécules diverses, fruits de cette symbiose, qui n'auraient pu être synthétisées ni par l'algue, ni par le champignon pris individuellement. Parmi celles-ci figurent des antibiotiques qui jouent un rôle protecteur non seulement pour le lichen lui-même, mais aussi pour son support si celui-ci est un végétal – un arbre, par exemple.

Non content d'avoir expérimenté avec succès la formule 1 + 1 = 1, certains lichens ont poussé le goût de l'innovation jusqu'à mettre en œuvre des formules plus paradoxales encore, du style 1 + 1 + 1 = 1. Ils réussissent cette performance en associant au champignon deux espèces d'algues : souvent, simultanément, une espèce d'algue verte et une cyanobactérie (appartenant au genre nostoc). Pas moins de cinq cents espèces de lichens présentent cette étrange configuration. La palme revient toutefois à un lichen croissant au nord de l'Écosse, *Nephroma articum*, issu de la coexistence d'un champignon, d'une algue verte et de deux espèces de cyanobactérie, réussissant ainsi l'équation gagnante 1 + 1 + 1 + 1 = 1 !

Mais l'inverse est aussi vrai et il arrive que deux champignons puissent coexister aux côtés d'une seule espèce d'algue ; l'équilibre qui en résulte est plus aléatoire, et il advient souvent que la coexistence tourne court par élimination progressive du premier champignon par le second : du point de vue de l'algue, c'est en quelque sorte un remariage…

En fait, même chez les lichens, et comme dans les ménages humains, la symbiose n'est pas toujours d'une harmonie à toute épreuve : on observe des cas où tantôt le champignon, tantôt l'algue prennent le dessus pour finir par se comporter en parasites vis-à-vis de leur partenaire ; ces quelques rares dérogations à la règle attestent que rien n'est parfait en ce bas monde.

Ces quelques dérèglements n'ont pas pour autant nui à la permanence et au développement des lichens dont les fossiles indiscutables remontent à la fin de l'ère secondaire. Plus la symbiose est complexe, plus elle est performante : par exemple, l'aptitude des cyanobactéries à fixer l'azote atmosphérique enrichit singulièrement les échanges entre partenaires dès lors que cet azote est rétrocédé sous forme organique au champignon : le lichen bénéficie alors de la double aptitude des cyanobactéries à la photosynthèse et à la fixation de l'azote atmosphérique ; il en résulte une remarquable autonomie métabolique déjà évoquée dans le chapitre précédent.

La symbiose lichénique s'opère sur la base d'une fidélité absolue de l'algue et du champignon : c'est toujours la même espèce d'algue qui s'allie à la même espèce de champignon pour former un lichen donné : un être double mais autonome, baptisé, comme toutes les espèces, d'un double nom latin de genre et d'espèce, ce qui témoigne qu'il s'agit bien là d'une entité nouvelle, considérée comme une espèce à part entière. L'être double est si unitaire dans sa nouvelle nature qu'il peut se reproduire par simple bouturage : des fragments de lichen se séparent, formés de petits amas d'algues entourés de filaments fongiques.

Si les lichens poussent partout, s'ils nourrissent les rennes de la toundra, couvrent le tronc des arbres et les pierres des monuments, ils ont néanmoins leur talon d'Achille : une extrême sensibilité à la pollution de l'air, de sorte qu'il a été possible d'établir des cartes du niveau de pollution en fonction de la nature des lichens observés. Très sensibles en particulier à l'anhydride sulfureux provenant de la combustion des charbons et des fiouls, les lichens avaient entièrement disparu des villes au milieu du siècle dernier. Ils y refont aujourd'hui de timides apparitions consécutives à la baisse de la pollution par ce gaz acide et caustique, aujourd'hui devenu plus rare grâce à la désulfurisation des fiouls. En 1998, on recensait à nouveau soixante-douze espèces de lichens dans le jardin botanique de Kew, près de Londres, contre seulement six quatre décennies plus tôt.

Cette sensibilité à la qualité de l'air s'explique aisément : le lichen tire tout de l'air et pratiquement rien de son substrat, en sorte que l'air qui le nourrit, s'il devient toxique, peut aussi le tuer. Il n'en reste pas moins vrai que les lichens peuvent vivre là où aucun autre être vivant ne parviendrait à subsister : tel est le fruit de la symbiose lichénique. Dans des conditions extrêmes, la solidarité est non seulement un atout décisif, mais aussi une condition indispensable à la survie. Telle est la leçon que nous donnent les lichens – mais aussi les marins dont les codes de solidarité sont aussi stricts qu'incontournables face aux périls de la mer. La mer avec ses coraux, autre symbiose brillamment réussie…

Les coraux, une symbiose réussie

Plus encore que les lichens, les coraux ont intrigué les naturalistes, embarrassés pour les ranger dans l'un ou l'autre des trois règnes : le minéral, le végétal ou l'animal. Par la multiplicité de leurs formes et de leurs structures, ils semblaient rebelles à toutes tentatives de classification : au toucher ils avaient une consistance nettement minérale, tandis que leurs formes évoquaient des arbustes ou des fleurs ; tapissant des sols marins peu profonds, ils s'établissent sous forme d'atolls ou de récifs émergeant au ras de la surface des océans.

Il fallut du temps aux naturalistes pour comprendre que ces coraux étaient le fruit d'une étonnante symbiose entre des animaux et des végétaux microscopiques. Le maillon de base de l'édifice est le *polype*, apparu dans les océans il y a 600 millions d'années. C'est un minuscule animal au corps mou de forme cylindrique et dont l'orifice oral s'orne d'une couronne de tentacules. Rares sont les polypes vivant en solitaires. Généralement, ils forment de vastes colonies et organisent leur existence avec des algues symbiotiques : les zooxanthelles ; par leurs pigments – chlorophylles et caroténoïdes –, celles-ci confèrent leurs couleurs aux coraux. Ces zooxanthelles s'installent dans le cytoplasme des cellules des polypes et y effectuent la photosynthèse, la structure translucide du polype ne gênant en rien l'arrivée abondante de la lumière. Naturellement, les polypes bénéficient des matériaux élaborés par la photosynthèse dont ils se nourrissent. En outre, les zooxanthelles interviennent directement dans la construction du récif. Elles absorbent le gaz carbonique, élément déterminant de la photosynthèse, en prélevant du gaz carbonique dans l'eau de mer. Du coup, le bicarbonate de calcium dissous précipite sous forme de carbonate de calcium insoluble, lequel forme le squelette minéral des polypes. Ce squelette protège à son tour des prédateurs les zooxanthelles qui ont contribué à édifier le corail. La partie externe du squelette calcaire abrite encore d'autres algues vertes qui profitent aussi de cet abri calcaire pour échapper à leurs prédateurs.

Sans le rôle décisif des zooxanthelles, son fidèle symbiote, la survie du polype en haute mer serait gravement compromise ; il vit grâce à cette symbiose, car il ne pourrait se suffire des faibles quantités de zooplancton du milieu marin, insuffisantes pour le nourrir. Il n'a cependant pas complètement renoncé à toute autonomie alimentaire et sécrète un mucus protecteur qui, à la manière d'un papier attrape-mouches, permet d'agréger les proies flottantes au voisinage de la communauté vivante du récif. Les proies planctoniques ainsi capturées par le polype sont une source de phosphore à la fois pour l'animal et la zooxanthelle. Une fois ingéré, le phosphore, élément indispensable à la vie végétale, est constamment recyclé dans le corail, ce qui explique la forte productivité photosynthétique du récif, malgré la rareté des traces de phosphore dans l'océan.

Le fonctionnement du récif illustre à merveille la formule de Pascal selon laquelle le tout est plus que la somme des parties. Aucun des constituants vivants de cet écosystème extrêmement riche ne parviendrait à survivre en haute mer où les ressources alimentaires en plancton, on l'a dit, sont fort limitées. Les zooxanthelles manqueraient de phosphore pour réussir la photosynthèse, et les polypes de proies pour les nourrir. De ce point de vue, un récif corallien est comparable à une oasis en plein désert : il concentre les nutriments nécessaires à la vie. Il illustre l'efficacité du mutualisme entre êtres autotrophes (ceux qui font la photosynthèse) et hétérotrophes (ceux qui se nourrissent de proies).

Mais le récif résulte d'un équilibre plus vaste encore entre ceux qui le construisent (polypes et zooxanthelles) et ceux qui le détruisent (éponges, mollusques, échinodermes, poissons). Les uns s'en nourrissent, d'autres y creusent leur niche, d'autres encore percent et broient les parties minérales : les débris de ces prédations tombent au fond et consolident le substrat de l'édifice par accumulation de débris et colmatage des interstices. Ainsi, indirectement, tous ces consommateurs contribuent à la consolidation du récif et sont donc eux aussi parties prenantes à l'équilibre général de cet écosystème riche et complexe.

L'amateur de plongée sous-marine admirera les merveilleuses évolutions des poissons, indissociables de ces écosystèmes, qui marquent de leurs tuniques bigarrées, semblables à des drapeaux, un territoire qu'ils défendent avec acharnement contre tout compétiteur de la même espèce[1]. Preuve que dans les systèmes symbiotiques les plus perfectionnés persistent en parallèle de sévères compétitions. Coopération, compétition : l'avers et le revers de la vie…

---

1. On se reportera à ce sujet à notre ouvrage *La Loi de la jungle : l'agressivité chez les plantes, les animaux et les humains*, Fayard, 2003.

Les récifs manifestent une très forte productivité biologique, utilisant jusqu'à 5,8 % de la lumière solaire, chiffre qui excède celui, pourtant élevé, de l'agriculture intensive. À ce titre, ils sont d'extraordinaires producteurs de matière vivante. Mais ce sont aussi des écosystèmes fragiles, extrêmement sensibles à la température de l'eau, laquelle ne doit jamais descendre au-dessous de 18 °C ni s'élever de plus de 2 °C. Ils sont donc aujourd'hui menacés par les changements climatiques qui réchauffent la mer et augmentent du même coup, par dilatation, le niveau des océans susceptibles de les submerger. Certains experts estiment en effet que la vitesse de montée des eaux – pouvant aller jusqu'à un mètre au cours de ce XXIe siècle – risque d'entraîner la perte des colonies par submersion. Si le niveau de la mer monte plus vite que l'édifice corallien, celui-ci, en quelque sorte, «perd pied». Tout le récif vit en effet de la lumière solaire captée par les algues, et, pour cette raison, dépérit en profondeur. Nous sommes ici en présence d'un écosystème symbiotique extrêmement fécond mais aussi très vulnérable : il exige pour se développer des eaux très claires et ne survit jamais au large des estuaires où se déversent des fleuves riches en sédiments et en matières organiques.

D'environ 1 800 kilomètres de long sur 70 kilomètres de large, la grande barrière de corail qui protège la côte nord-est de l'Australie est le plus grand ensemble récifal de la planète ; elle est malheureusement menacée par la pollution due aux cultures industrielles de la canne à sucre et des ananas sur la côte du Queensland, qui rejettent en mer pesticides et engrais. Elle est aussi victime d'une surexploitation par la pêche, bien que le parc s'étale sur une superficie totale de 34 870 000 hectares, soit environ les deux tiers du territoire français.

La grande barrière s'étire au large de la côte australienne du cap d'York au nord de Brisbane. Elle a pu aisément être observée par les cosmonautes à partir de la Lune. Nombreux sont les navires qui s'y sont échoués, dont le célèbre *Endeavour* du capitaine Cook, le 11 juin 1769, épisode malencontreux et bien connu du tour du monde du fameux navigateur anglais. Cook réussit à dégager son bateau, mais d'autres échouages devaient suivre, comme ceux du *Pandora*, en 1791, et de la *Yongala*, en 1911.

La grande barrière constitue un gigantesque écosystème qui comporte pas moins de deux mille neuf cents récifs variant de un à dix mille hectares, auxquels il convient d'ajouter les deux cent quarante cailles sablonneuses, petites îles composées de sables coralliens encerclées de hauts-fonds, sur lesquelles se développe une dense végétation tropicale. Nombreuses sont les espèces animales qui trouvent leur nourriture sur ces récifs où l'on compte pas moins de quinze mille espèces de poissons aux couleurs vives, quatre mille espèces de mollusques, ainsi que de nombreuses espèces d'éponges, d'anémones, de vers marins et de crustacés. Les polypes eux-mêmes, constructeurs de récif, ne comportent pas moins de trois cent quarante espèces différentes. S'y rencontrent également les dugongs, mammifères marins au corps massif, encore appelés « vaches de mer » parce qu'ils se nourrissent de phanérogames, les zostères, plantes à fleurs sous-marines à ne surtout pas confondre avec des algues. L'inventaire de la grande faune des récifs se doit aussi de mentionner plusieurs espèces de tortues.

Menacée par le réchauffement climatique, la grande barrière l'est aussi par un redoutable prédateur, l'étoile de mer couronne d'épines[1]. Cette étoile a connu plu-

1. *Acanthaster plauci.*

sieurs phases de prolifération dans les années 1960-1970. Ce carnivore vorace se nourrit de coraux pendant un an environ, avant de devenir sexuellement adulte. Il arrive que l'on en trouve plusieurs millions sur un même récif. L'épidémie des années 70 semble cependant s'être quelque peu amortie grâce à un processus qui tend à entraîner ces étoiles de mer vers le sud sous l'effet des courants marins.

En associant une minuscule cyanophycée chlorophyllienne à une grosse bactérie, la vie a construit le maillon de base, la brique élémentaire de la vie : la cellule eucaryote sur laquelle elle a édifié ensuite tout le règne végétal et tout le règne animal. En réussissant la symbiose entre un polype microscopique, animal marin, et une algue brune monocellulaire, la zooxanthelle, elle a généré l'un des écosystèmes les plus riches et les plus productifs qui soient : le récif corallien. Se sont développées ensuite des compétitions entre les êtres vivants peuplant la terre et les récifs : ils se battent pour la nourriture, le territoire, le statut qu'ils occupent dans les sociétés qu'ils forment entre eux. Mais rien de tout cela n'existerait si, par coopération, symbiose, solidarité, la vie n'avait d'abord créé les milieux qu'ils habitent et les ressources qu'ils exploitent. Ainsi, répétons-le, tout commence par la coopération : elle a donné la molécule d'eau, les premières molécules constitutives de la matière vivante, les premières cellules et les premiers récifs. La compétition n'est intervenue que dans un second temps. La coopération est bel et bien le principe fondateur, le moteur de la vie. Cela, Darwin et surtout ses zélateurs du XIXe siècle, Spencer et Huxley, dont nous ne cessons de vanter et mettre en œuvre le modèle ultra-compétitif qu'ils nous ont légué, ne l'avaient pas perçu. Le capitalisme sauvage, la mondialisation ultralibérale, fondés sur une concurrence à tout crin, ignorent les coopérations. La compétition à mort pour se tailler des parts du marché est leur maître mot. Sans doute leurs tenants devraient-ils méditer sur l'imagination sans limite avec laquelle la vie façonne et initie ses coopérations.

Voyez cette petite éponge[1] qui mène une vie obscure sous la banquise. La lumière est rare, surtout pendant la longue nuit australe. Mais l'éponge s'est bardée de spicules siliceux qui jouent le rôle de fibres optiques et canalisent les infimes quantités de rayonnement lumineux qui l'atteignent. Elle les concentre sur ces cavités internes où vivent des algues ; grâce à cet apport de lumière pourtant chiche, ces algues parviennent à effectuer la photosynthèse et alimentent l'éponge en éléments organiques. Dans ces milieux hostiles, ni l'algue, faute de lumière, ni l'éponge, faute d'aliments, ne pourraient survivre seules. Ensemble elles relèvent le défi.

D'autres éponges abritent des cyanophycées cette fois, toujours selon le même système symbiotique et en quantités variables suivant les quantités de lumière disponibles, ce qui explique la variabilité de leurs colorations au gré de la profondeur.

En matière de symbiose, les cyanophycées sont décidément imbattables. Les zooxanthelles aussi, qui ne se contentent pas de se marier aux polypes pour former les coraux des récifs. La pauvreté en nutriments des mers chaudes – beaucoup moins « nutritives », pour les micro-organismes qui y vivent, que les mers nordiques – poussent ces derniers à rechercher d'efficaces symbioses. Ainsi certaines zooxanthelles – algues qui doivent leur dénomination ambiguë, évoquant la zoologie, au flagelle locomoteur dont elles se servent pour nager d'une manière tout animale – ont lié leur sort au roi des mol-

1. *Rosselia racovitzae.*

lusques, le bénitier[1]. Les bénitiers, souvent présents dans les églises, ce qui leur vaut leur nom, peuvent atteindre un mètre de diamètre pour un poids de quelque deux cent cinquante kilos. Record de taille, mais aussi record de longévité, puisqu'ils pourraient vivre jusqu'à deux cents ans, se faisant les concurrents directs des tortues, autres *recordmen* en la matière. Ces énormes coquillages, nourris grâce à la photosynthèse effectuée par les zooxanthelles, abondent dans les eaux de l'Océanie et du Sud-Est asiatique, et abritent des millions de zooxanthelles captives, dont bon nombre sont rejetées vivantes dans leurs fèces. Revenues à la vie libre, elles vont s'empresser de retrouver d'autres bénitiers : spectaculaire illustration d'un recyclage intelligent et d'un « développement durable » dans la mesure où les générations suivantes récupèrent en bon état des ressources qui ont déjà servi aux générations précédentes !

La symbiose entre l'algue et le mollusque est tout bénéfice pour les deux partenaires : l'algue effectue naturellement la photosynthèse, fournissant des glucides au mollusque qui leur renvoie en échange des nutriments issus de son propre métabolisme, notamment l'azote. Et l'algue dégage par photosynthèse de l'oxygène que le bénitier utilisera pour sa respiration, en bon animal qu'il est, dégageant à son tour du gaz carbonique aussitôt recyclé par l'algue qui l'utilise pour sa photosynthèse.

L'algue et le bénitier illustrent bien la complémentarité immémoriale des plantes et des animaux : les premières prélèvent du gaz carbonique et rejettent de l'oxygène, c'est la photosynthèse ; les seconds font l'inverse : c'est la respiration.

Le bénitier, décidément, aime les algues même lors-

1. *Tridacna sp.*

qu'il est installé à l'entrée d'une église. Serait-ce que celles-ci apprécient l'eau bénite ? Quoi qu'il en soit, il n'est pas rare de voir de jolies proliférations d'algues vertes sur le fond ou les bords des bénitiers de nos vieilles nefs romanes ou gothiques…

Les mycorhizes : le coup de main aux racines

Il y a 450 millions d'années, des algues vertes se lancent dans la grande aventure : elles quittent l'océan pour tenter – et réussir – la conquête des continents jusque-là totalement dénués de vie. Encore faut-il qu'elles s'adaptent au milieu terrestre en résolvant le délicat problème de l'approvisionnement en eau, indispensable à la photosynthèse, et que les sols n'offrent certes pas aussi généreusement que les mers. Cette tâche est dévolue aux racines, organes inventés pour les besoins de la cause et totalement étrangers aux plantes marines qui n'en ont que faire. Mais les premières esquisses de racines sont ténues, fragiles, fort malhabiles à soutirer les faibles quantités d'eau contenues dans les sols. C'est alors qu'elles s'avisent de « passer contrat » avec des champignons présents dans ces sols sous forme de longs et minces filaments qui, en s'imbriquant à leurs extrémités, étendent considérablement le périmètre de prélèvement de l'eau. En approvisionnant l'extrémité des racines en eau et en sels minéraux, ces filaments deviennent en quelque sorte « les racines des racines ». Les capacités de prélèvement sont fortement accrues par cette habile symbiose dont le symbole est la *mycorhize* – étymologiquement : la « racine associée au champignon ».

Cette invention très ancienne a dû se mettre en place très peu de temps après l'émergence des plantes sur les continents. On la trouve déjà chez les *Rhynia*, plantes fossiles découvertes près de Rhynie, en Écosse, et vieilles d'au moins 350 millions d'années. La formule symbiotique mise au point en ces temps extrêmement reculés, au cœur de l'ère primaire, s'est perpétuée depuis lors conformément au modèle initial. Elle représente dans la végétation actuelle l'un des mécanismes coopératifs les plus performants.

Ainsi, depuis des millions d'années, les filaments des champignons offrent aux racines des plantes leurs bons et loyaux services. Le lien qui unit le filament du champignon à la racine est plus ou moins étroit. Dans la plupart des cas, le filament pénètre à l'intérieur des cellules de l'extrémité des racines et s'y déploie en forme d'arbuscules ultraramifiés, ce qui augmente d'autant les surfaces de contact et donc de transfert d'éléments nutritifs. Ces étroites symbioses se rencontrent dans 80 % des espèces végétales, préférentiellement chez les plantes herbacées. Chez la plupart des arbres des régions boréales, tempérées ou montagneuses, le lien est plus lâche, les filaments ne pénétrant pas à l'intérieur des cellules, mais formant un manchon fongique autour de l'extrémité des racines. Mais ce type de distinction est quelque peu théorique, car on décèle, entre ces deux variantes, de multiples formes intermédiaires. En fait, les liens qui unissent les champignons aux racines sont on ne peut plus éclectiques. Il n'existe pas, en effet, de relation exclusive et « monogame » entre une espèce précise de champignons et une espèce non moins précise d'arbre ou d'herbe. En matière de mycorhize, la fidélité réciproque entre espèces n'existe pas. Tout au plus peut-on constater des préférences – parfois marquées, il est vrai. Ne dit-on pas ainsi du bolet élégant qu'il suit le mélèze comme le dauphin escorte le navire ?

Mais, dans la plupart des cas, entre le champignon et la racine de l'herbe ou de l'arbre, les unions se nouent au gré des rencontres et des opportunités. Cent à cent cinquante espèces de champignons, tout au plus, ne semblent pouvoir vivre qu'à l'état mycorhizé. Pour tous les autres, cette forme de vie symbiotique est facultative.

Les forestiers savent qu'une régénération forestière sera d'autant plus facile que le sol est plus riche en champignons. Encore faut-il se souvenir de ce qu'est au juste un champignon. Les denses réseaux de filaments qui peuplent les sols les plus divers et y forment les mycorhizes correspondent à la forme végétative ordinaire du champignon. Puis vient la phase de fructification : des paquets de filaments s'agglomèrent spontanément et très rapidement pour produire les formes de fructification – disques ou chapeaux – qui nous sont familiers. Ces chapeaux portent des millions de spores, organes de reproduction du champignon. C'est improprement que le langage courant attribue à ces formes visibles à la surface du sol le nom de champignons, ignorant la véritable identité biologique de ces êtres qui peuvent passer des années sous terre sous forme de filaments sans fructifier. Autrement dit, les chapeaux expriment au-dessus du sol l'extension, sous le sol, du dense réseau de filaments susceptibles de former des mycorhizes.

Les relations du champignon et de l'arbre sont nécessaires à la vie de l'un et de l'autre : l'introduction d'essences nouvelles a souvent échoué du fait que les racines n'ont pu trouver dans le sol les champignons symbiotiques correspondant à leurs affinités. À l'inverse, des coupes à blanc entraînent dès l'automne suivant la disparition des fructifications de nombreux champignons pourtant présents sur les lieux depuis toujours : la perte de l'arbre est ressentie par le champignon comme un insupportable veuvage.

Les souches des arbres morts ou abattus peuvent être d'excellentes niches à champignons ; c'est pourquoi il est plus aisé de réussir un reboisement sur un sol récemment exploité que sur un sol nu. Des observations ont ainsi pu être faites sur la replantation en pins sylvestres d'une lande anciennement peuplée de bouleaux clairsemés ; alors que les graines de pin sylvestre avaient été semées à la volée, le développement des plantules s'effectua de façon tout à fait hétérogène : on observait çà et là des plages de jeunes plants vigoureux affectant vaguement la forme d'une étoile, tandis qu'ailleurs les graines refusaient de germer. En examinant les choses de plus près, on s'aperçut que ces plages correspondaient à la présence dans le sol des souches pourrissantes de bouleaux, truffées de filaments d'amanite muscarine, ce champignon bien connu à chapeau rouge piqueté de blanc. Les jeunes pins jalonnaient à la surface le parcours souterrain des racines partant de ces souches ; celles-ci étaient de précieux refuges pour les filaments de l'amanite, absolument indispensables à la germination des graines de pin sur ces sols ingrats, ce qui permit d'expliquer la répartition inégale des bouquets de jeunes pins parmi cette lande sauvage.

L'amanite tue-mouches est liée, dans cet exemple, aux bouleaux et aux pins ; tels sont en effet ses arbres de prédilection, et il n'est pas étonnant qu'on la trouve en si grande quantité dans les forêts sibériennes, cette taïga où les peuples l'utilisent depuis des temps immémoriaux comme champignon sacré dans les pratiques chamaniques de l'Asie septentrionale. Sous l'influence de l'amanite, le chaman entre en contact avec l'esprit malin qui tourmente son patient, et, par une forte catharsis, parvient à l'en délivrer[1].

1. On pourra se reporter à ce sujet à mon ouvrage *Drogues et plantes magiques*, Fayard, 1983.

La laborieuse implantation des épicéas en Australie illustre bien l'importance des phénomènes de mycorhization. Les premiers essais effectués en pépinières aboutirent tous à des échecs, jusqu'au jour où un forestier perspicace eut l'idée de semer des graines d'épicéas dans une terre importée d'Europe : en l'occurrence, une grosse motte enveloppant les racines d'un sapin de Noël. Notre pépiniériste avisé mélangea la terre importée avec celle de sa pépinière, ensemençant ainsi cette dernière de spores et de filaments de champignons européens. Le mélange se révéla des plus heureux et permit le développement de semis d'épicéas efficaces et vigoureux.

La symbiose mycorhizienne stimule les échanges alimentaires entre la plante-hôte et le champignon. La plante offre à ce dernier le carbone qu'elle a fixé sous forme de sucre par photosynthèse, exercice totalement étranger au monde des champignons qui, faute de chlorophylle, sont condamnés à prélever le carbone organique dans leur environnement. Ici ils le reçoivent directement des racines mycorhizées. Mais, avant de l'utiliser, il leur faut le transformer, car les champignons n'utilisent pas directement le glucose, constituant de la cellulose des plantes, pour l'assimiler à leur profit ; ils n'ont que faire de ce sucre emblématique du monde végétal qui ne convient nullement à leur métabolisme. Aussi le transforment-ils aussitôt en un autre sucre, le glycogène, celui-là même que nous stockons dans nos muscles comme réserve glucidique et que les plantes ne savent pas synthétiser.

Incapables d'effectuer la photosynthèse et d'assimiler le glucose, tributaires comme nous du glycogène, les champignons se distinguent par là du règne végétal et partagent bien des caractéristiques du monde animal. On comprend que les biologistes aient créé pour eux un troisième règne, ni animal ni végétal : celui des champignons.

Nourris de glucides par les racines, les filaments du champignon vont rendre à leur tour d'éminents services à la plante-hôte : ils lui offrent notamment de l'azote et surtout du phosphore, nutriments qui, dans les sols forestiers où ils sont chichement répartis, sont les principaux facteurs limitant la croissance des arbres. Les filaments mycorhiziens se révèlent être de véritables pompes à phosphate, molécule solidement fixée sur les argiles du sol et que les racines ont bien du mal à récolter et à s'approprier.

Mais le champignon stimule aussi la pousse des racines par l'hormone de croissance qu'il synthétise et leur transmet. Ainsi, en favorisant le développement de l'appareil racinaire, il agit directement sur l'extension des zones de contact et de transfert de la nourriture entre les racines et le sol.

Le champignon élabore enfin des antibiotiques qui protègent les racines de l'attaque de micro-organismes pathogènes, contribuant à renforcer la résistance des plantes-hôtes à leurs ennemis potentiels.

L'intensité des échanges est à l'évidence proportionnelle à l'ampleur des surfaces de contact que les arbuscules formés par les filaments dans les cellules des racines augmentent considérablement. Mais le système mycorhizien ne se contente pas d'unir un hôte et un champignon. Celui-ci peut être relié par son feutrage de filaments aux racines de plusieurs individus de même espèce ou d'espèces différentes. Se constituent alors des réseaux complexes à travers lesquels vont s'effectuer des échanges. La plante offre au champignon du carbone organique, fruit de la photosynthèse. Ces matières carbonées circuleront dans les filaments jusqu'à atteindre les racines d'une autre plante. Le champignon devient alors une sorte de voie de passage entre plantes différentes, leur permettant d'échanger des nutriments entre elles. Ainsi, du carbone et du phosphore peuvent être transférés de plante à plante par l'intermédiaire des partenaires fongiques qui les relient.

Ce phénomène représente un mode de coopération récemment mis au jour et qui permet par exemple à une plante richement dotée en matières carbonées, c'est-à-dire en sucres élaborés par photosynthèse, d'alimenter une plante-fille moins privilégiée, plus chétive, grâce à une sorte de système de vases communicants. Ces échanges entre plantes par l'intermédiaire de filaments fongiques ont pu être démontrés expérimentalement : des plantes recouvertes de bâches, donc lésées par un fort ombrage qui limite leurs aptitudes photosynthétiques, ont reçu de leurs voisines, exposées en pleine lumière, une alimentation carbonée marquée au carbone 14. Les sucres élaborés et stockés par les plus favorisées ont profité aux plus démunies. La symbiose mycorhizienne tempère de ce fait le niveau de compétition, les plus fortes nourrissant les plus faibles par champignons mycorhiziens interposés.

On conçoit mieux, dès lors, que certaines plantes chétives ou lésées par quelque traumatisme puissent reprendre vie, ainsi qu'on l'observe parfois, même dans des conditions d'éclairement défavorable, lorsqu'elles parviennent à bénéficier de tels échanges.

Il reste toutefois à préciser l'importance que peuvent prendre ces échanges : sont-ils des phénomènes marginaux, ou contribuent-ils de façon significative à l'alimentation des plantes moins favorisées ? Dans cette affaire, les champignons ne jouent qu'un rôle de passeurs. Ils mettent en communication des vases communicants dont l'un se vide au profit de l'autre. Les échanges sont purement passifs, hors de toute « volonté coopérative», dépourvus de toute intentionnalité. Pourtant, comment ne pas y voir un signe de cette fameuse «intelligence de la nature[1] » dont parlait Maurice Maeterlinck et dont notre propre intelligence, selon la belle formule d'Edgar Morin, ne serait en quelque sorte qu'«une fuite»?

En améliorant la nutrition des plantes, la symbiose mycorhizienne exerce évidemment un effet positif sur la productivité végétale. Des chercheurs de l'université de Bâle[2] ont montré par ailleurs qu'une riche communauté de champignons favorise le niveau de biodiversité d'une prairie. Une forte biodiversité et une forte productivité caractérisent donc les sols richement mycorhizés sur lesquels on dénombra des espèces à la fois plus nombreuses et plus diverses.

De même, on sait depuis peu, à la suite d'une étude menée dans huit pays européens[3], que la productivité végétale des prairies est directement proportionnelle à leur niveau de biodiversité. Or celle-ci, on vient de le voir, est elle-même en relation avec le niveau de mycorhization. En fait, productivité, mycorhization et biodiversité vont de pair.

L'étude menée par Michel Loreau est la première à confirmer une hypothèse formulée de longue date par les écologistes: un écosystème serait d'autant plus productif que la biodiversité y serait plus grande. Ce fait, dans le cas présent, est établi. S'il est prématuré d'extrapoler ce résultat à tous les écosystèmes, il est désor-

---

1. Maurice Maeterlinck, *L'Intelligence des fleurs*, éd. Fasquelle, 1928.

2. Directeur du projet: professeur Andres Wiemken, Botanisches Institut Hebelstrasse 1,4056 Basel.

3. Michel Loreau et Andy Hector, «Partinioning selection and complementarity in biodiversity experiment», *Nature,* n° 412, juillet 2001.

mais acquis que la symbiose mycorhizienne est un atout essentiel pour la productivité et la biodiversité. Or, comme l'ont montré des chercheurs suisses de l'Institut de recherches en agriculture biologique du canton d'Argovie, les épandages de pesticides réduisent la mycorhization – argument parmi tant d'autres en faveur de l'agriculture biologique.

Les championnes de la mycorhization sont sans doute les orchidées. Avec des champignons du genre *Rhizoctonia*, elles contractent d'étroites alliances dont la plante est entièrement tributaire pour sa germination. Ces orchidées émettent en effet par millions des graines de taille quasi microscopique. En raison de leur extrême petitesse, pas question de les pourvoir en réserves alimentaires destinées à permettre, au moment de la germination, la formation de la radicule et son enfoncement dans le sol. À peine formé, l'embryon est abandonné au régime sec, piégé dans la graine, et, comme un bébé à qui nul ne donnerait le biberon, condamné à dépérir. C'est précisément une fonction de nounou que vont exercer les *Rhizoctonia* en dirigeant leurs filaments sur l'embryon ; ceux-ci lui permettront de puiser de l'eau et des sels minéraux dans le sol comme on aspire un coca avec une paille. Le jeune embryon ainsi nourri par le champignon se développe et peut enfoncer sa radicule dans le sol. Il a vaincu la phase critique, acquis son autonomie, et entend désormais se débarrasser du *Rhizoctonia* dont il n'a plus besoin. Mais ce dernier ne l'entend pas de cette oreille et continue à s'empresser autour de lui qui, désormais, se passerait bien de ses services. L'embryon tente donc de s'en défaire, mais l'entreprise est laborieuse. Le champignon va multiplier les filaments qui enveloppent l'embryon et forment des tubercules toujours bien visibles dans le sol sous les orchidées du genre *Orchis*, par exemple. Une dénomination qui n'est pas gratuite et évoque, par la forme de ses deux organes souterrains, fort suggestifs, deux testicules – d'où les noms d'*Orchis* et d'orchidée, issus du grec où le mot désigne les testicules précisément. L'un commence à flétrir : c'est le tubercule de l'an passé ; l'autre, en pleine vigueur, est celui de l'année en cours.

Ainsi cette merveilleuse symbiose découverte il y a plus d'un siècle par le pastorien Noël Bernard se transforme, après une phase de parfaite coexistence, en compétition entre les symbiotes. Car rien n'est parfait dans la nature, qui procède souvent par fondu enchaîné, glissant, en cet exemple, de la symbiose au parasitisme.

Dans ces rapports du *Rhizoctonia* et des tubercules de l'*Orchis*, ce sont un peu nos problèmes de couple qui se laissent entrevoir. Car la vie, nous l'avons dit, ne cesse d'osciller entre son versant coopératif et son versant compétitif, son avers et son revers. À chacun de veiller à y mettre du sien pour que les belles symbioses des années heureuses ne se laissent pas entamer par la montée en puissance du « moi », quand seul le « nous » peut nous sauver.

Enfin, il est des cas où le champignon médiateur peut être purement et simplement « shunté » et éliminé, les racines d'arbres différents se soudant directement entre elles. Ainsi un arbre qui aurait perdu une partie de ses racines survivra grâce à ce cordon ombilical qui le relie aux autres et par lequel il recevra de la nourriture. Le pin Weymouth fabrique couramment de telles greffes, au point que certains peuplements donnent l'impression de ne plus faire qu'une seule unité physiologique, tant sont étroites et nombreuses les sutures entre organes souterrains.

Si, dans le cas de l'orchidée, la symbiose risquait de

dégénérer en parasitisme, ici elle aboutirait plutôt à la fusion. Mais, dans tous les phénomènes de mycorhization, extrêmement fréquents dans la nature, l'adage se confirme : on a toujours besoin d'un plus petit que soi.

La loi de la jungle ? Pas si sûr…

L'augmentation régulière des teneurs de l'atmosphère en gaz carbonique depuis les débuts de l'ère industrielle, tenue pour responsable de l'« effet de serre », apparaît comme un facteur favorable à la croissance végétale. Un air plus riche en gaz carbonique ne peut que doper cette croissance, puisque ce gaz est la source du carbone contenu dans toute matière végétale produite par photosynthèse. On est par conséquent conduit à s'imaginer une planète de plus en plus verdoyante au fur et à mesure que nos pots d'échappement et nos cheminées chargent toujours davantage l'atmosphère en gaz carbonique.

Plusieurs expériences menées sur des végétaux exposés à des teneurs croissantes en gaz carbonique confirment cette hypothèse. En revanche, d'autres observations aboutissent à des résultats inverses. Ainsi la jacinthe d'eau, cette redoutable envahisseuse des plans d'eau de toute la zone intertropicale du globe[1], produit en des temps record des masses impressionnantes de matière première végétale. Cette productivité s'accroît en fonction des teneurs en gaz carbonique ; c'est bien le cas lorsqu'on double ces teneurs, par exemple. Pourtant, au bout

1. Voir Jean-Marie Pelt et Franck Steffan, *La Loi de la jungle*, Fayard, 2003.

de quatre semaines, l'effet inverse se produit et le rythme de la croissance revient à son niveau initial.

Au vu des expériences rapportées, il appert que les plantes ne fonctionnent pas comme des machines qui augmenteraient automatiquement leur production en fonction des teneurs en gaz carbonique mises à leur disposition. Dans la plupart des cas, les variations de croissance constatées ne sont nullement proportionnelles à l'augmentation des teneurs de ce gaz dans l'air. Les plantes sont donc moins voraces qu'on ne l'imagine. Tout se passe comme si elles réglaient leur production selon leurs besoins internes, et non en fonction de la ressource disponible dans le milieu.

Dans le monde économique contemporain, c'est l'inverse qui se produit : la voracité des consommateurs exige toujours plus de ressources, quitte à épuiser un jour toutes celles de la planète. Tel est bien l'implacable processus dans lequel nous sommes engagés malgré les efforts déployés par la mouvance écologique. On consomme de plus en plus sous la pression d'une concurrence acharnée, maintenue en permanence à son plus haut niveau par la publicité.

Or l'acharnement compétitif exprimé par la loi de la jungle, où chacun écrase l'autre, ne correspond pas à la réalité du monde vivant. De nombreuses expériences et observations en témoignent. Plutôt que de se marcher sur les pieds, de s'arracher des parts de marché, on observe dans la nature d'étonnants phénomènes d'évitement. La plante contourne habilement sa voisine pour ne pas entraver sa croissance.

Des expériences menées sur les pourpiers sont à cet égard particulièrement suggestives. Il s'agit de petites plantes capables de couvrir en très peu de temps des sols nus en dirigeant leurs rameaux plus ou moins rampants dans toutes les directions. De ces plantes pionnières on pourrait attendre des activités compétitives extrêmement vigoureuses. Or ces pourpiers témoignent d'attentions toutes particulières à l'égard de leurs voisins et voisines. Il suffit de planter à proximité d'une jeune plante un petit panneau vert simulant une plantule pour voir le pourpier éloigner ses jeunes rameaux du panneau vert qui ne devrait pourtant nullement le gêner, étant lui-même bien trop petit pour lui faire de l'ombre… Dans cette expérience, le pourpier limite ses capacités de croissance en fonction de la seule présence d'un mime, sans qu'aucun des facteurs qui lui sont nécessaires – gaz carbonique, eau ou sels minéraux – lui fasse défaut.

Des cas analogues ont pu être observés chez d'autres plantules. On sait aujourd'hui que ces phénomènes d'évitement sont contrôlés par les incidences lumineuses reçues par les plantes. En moyenne, une feuille transmet au maximum 10 % de la lumière qui l'atteint par le haut. Mais la lumière transmise n'est pas exactement identique, du point de vue spectral, à la lumière reçue. Les rouges sombres traversent la feuille sans modification, alors que les bleus et les rouges clairs sont captés par la chlorophylle. Or le rouge sombre entraîne une stimulation de la croissance et de l'allongement des tiges. Les plantes voisines, recevant ce rayonnement, allongent donc leurs tiges et, du coup, s'éloignent de l'émetteur rouge sombre.

Ces phénomènes se produisent aussi bien chez les plantes des sous-bois que dans la couronne des arbres où l'on constate aussi de tels évitements. En résulte une occupation la plus rationnelle possible de l'espace disponible, chacun ménageant sa place au soleil tout en se serrant, en quelque sorte, pour limiter son agressivité ou ses nuisances envers les autres.

Le phénomène est aisément observable chez le philodendron dont les feuilles âgées et ombrées par des feuilles plus jeunes tendent à s'abaisser. On l'observe aussi chez le saintpaulia, la célèbre violette du Cap ; les feuilles en rosettes de cette jolie plante, aujourd'hui présente dans la plupart des appartements, présentent un mode de croissance très caractéristique : au fur et à mesure que les jeunes feuilles du centre de la rosette étendent la surface de leur limbe, les feuilles situées au-dessous échappent à l'ombrage dû à ce recouvrement en allongeant leur pétiole et en dégageant leur limbe, le replaçant ainsi en pleine lumière ; de sorte que les limbes ne se superposent pas, ou ne le font que très partiellement. En résumé, c'est la fraction de surface recouverte qui, recevant une lumière enrichie en rouge sombre, provoque l'élongation du pétiole et lui permet d'échapper à un ombrage trop dense.

Mais, dans les expériences menées sur le pourpier, il n'y a aucun recouvrement réciproque des feuilles et de leurs mimes. Les mécanismes qui produisent l'éloignement et l'évitement sont donc différents de ceux évoqués ici, qui sont directement liés à la nature de la lumière reçue et à sa plus ou moins grande richesse en rayonnements rouge sombre.

Constatant des phénomènes d'évitement identiques chez les arbres – des pins parasols, par exemple –, Francis Hallé[1] a évoqué à ce sujet leur « timidité ». Ceux-ci répugnent en effet à entremêler leurs ramifications et tendent, dans la mesure du possible, à s'éloigner au maximum les uns des autres.

Il serait absurde de nier l'existence de la concurrence dans le monde vivant. Mais celle-ci joue sans doute un

1. Francis Hallé, *Éloge de la plante. Pour une nouvelle biologie*, Seuil, 1999.

rôle beaucoup moins systématique qu'on ne le croyait jusqu'ici. En fait, la loi de la jungle n'est nullement la référence ultime des mécanismes de la vie, et c'est encore plus vrai dans la jungle elle-même, comme l'ont montré, il y a quelques années déjà, Van Steenis [1] et, plus récemment, Patrick Blanc [2]. Pour ces auteurs, la jungle apparaît davantage comme un laboratoire où s'élaborent les formes végétales et animales les plus abondantes et les plus variées, vivant selon des systèmes de coopération et de symbiose tels que la compétition y est beaucoup plus réduite qu'on ne pouvait le penser jusqu'ici.

Dans les sous-bois des forêts tropicales, là où les sels minéraux et souvent l'eau sont rares, il n'existe aucune compétition entre individus, chacun vivant pour soi, en quelque sorte sans voisins. Aucune interaction n'existe ni au niveau du feuillage, ni à celui des racines, qui n'ont aucun contact entre elles. Ces milieux pauvres en individus sont en revanche très riches en espèces qui manifestent une forte biodiversité ; aucune sélection naturelle ne semble jouer ici ni sur les performances en matière de vitesse de croissance, ni sur l'utilisation maximale des ressources par rapport aux plantes voisines.

L'image réelle de la jungle est donc moins à rechercher dans l'homogénéité des sous-bois à faibles ressources que dans la dense végétation qui borde les torrents, là où la lumière et l'eau sont en abondance. Y règne une intense compétition où les individus et espèces les plus performants éliminent les autres, la performance étant basée sur la vitesse de croissance et donc sur la capacité à recouvrir les autres plantes en les pri-

---

1. J. Van Steenis, *Biological Journal of the Linnean Society*, 1969, pp. 97-133.

2. Patrick Blanc, *Être plante à l'ombre des forêts tropicales*, Nathan, 2002.

vant ainsi de lumière. La vigueur compétitive l'emporte sur la « timidité » des arbres qu'enveloppe le dense lacis des lianes. Malheur aux timorés : ils seront étranglés et asphyxiés sans pitié !

Il ressort de ce faisceau d'observations que le niveau de compétition est on ne peut plus variable dans la nature, comme il l'est dans la société. Nombre de facteurs interviennent qui en limitent les effets. Très faible entre les murs d'un monastère comme dans un sous-bois tropical, elle devient intense dans le secteur marchand entre grandes entreprises se livrant à une concurrence acharnée, tout comme elle l'est au bord des clairières et des torrents de la forêt équatoriale. Aux origines du christianisme, les moines d'Égypte vivaient seuls, sans aucune trace de compétition. Quel chemin parcouru depuis lors par l'économie moderne !

Ces remarques rejoignent les conclusions auxquelles parvient Gérard Nissim Amzallac[1], à qui nous avons emprunté bon nombre d'observations rapportées dans ce chapitre. À l'image d'un monde végétal qui serait purement compétitif viennent se substituer des représentations toutes différentes d'écosystèmes fondés sur des mécanismes de coopération où la compétition joue un rôle, certes, mais limité. N'en va-t-il pas de même dans les sociétés humaines ? Qu'y voit-on ? Des « nations en tumulte », comme disait déjà la Bible, des firmes qui se battent furieusement pour arracher des parts de marché – concurrence exacerbée –, des hommes politiques qui s'invectivent, des syndicats qui ne cherchent qu'à en découdre, des médias qui organisent la mise en scène quotidienne des multiples conflits qui ponctuent notre vie collective. Oui, décidément, c'est bien la jungle ! Et

1. Gérard Nissim Amzallac, *L'Homme végétal*, Albin Michel, 2003.

pourtant, nous sommes de grands pays civilisés : la sécurité sociale, les systèmes mutualistes, les assurances, d'innombrables associations tissent jour après jour les liens de cette fraternité inscrite au fronton de nos bâtiments publics. Oui, la solidarité est bien là, mais en quelque sorte comme un dû auquel nul ne prête plus aucune attention. Les conflits s'affichent, la solidarité ne se dit pas.

Certes, il est des cas, dans la nature, où la compétition semble se donner libre cours. De nombreuses plantes émettent par leurs racines des substances toxiques destinées à éliminer de leur proximité tout compétiteur[1]. L'ail est de celles-là : émettant dans le sol des substances particulièrement délétères, il rend la vie impossible à ses voisins. Mais, l'allopathie peut au contraire apporter un grand bénéfice à certaines plantes qui en font bon usage, ou, mieux encore, un usage qui nous convient : le sarrasin ou blé noir, par exemple, est considéré par les agriculteurs comme une culture « propre », car il élimine les adventices par ses sécrétions racinaires.

Enfin, ces phénomènes permettent d'expliquer en agronomie les fameuses « fatigues » des sols. Dès 1834, de Candolle indiquait : « Un pêcher gâte le sol pour lui-même à ce point que si, sans changer la terre, on replante un pêcher dans un terrain où il en a déjà vécu un auparavant, le second languit et meurt, tandis que tout autre arbre peut y vivre… » Les Africains savent que le sorgho fatigue le sol de la même manière en libérant un composé toxique, voire autotoxique, c'est-à-dire nuisible à la plante elle-même. D'où la nécessité de ne le semer que tous les quatre ans, par assolement quadriennal, en alternance avec un engrais vert et de l'arachide,

1. On se rapportera sur ce thème à notre ouvrage *La Loi de la jungle, op. cit.*

qui se porte fort bien dans un champ précédemment occupé par le sorgho et où celui-ci se refuserait à pousser.

Le botaniste Deleuil étudia la végétation de la chaîne de l'Estaque, à proximité de Marseille. Il y observa la curieuse coexistence de trois espèces : un ail (*Allium chamaemoli*), une chicorée (*Hyoseris scabra*) et une pâquerette (*Bellis annua*), formant des sortes de tonsures isolées les unes des autres à l'intérieur d'une association à graminées très courante en zone méditerranéenne. Cet écologiste a constaté que l'on trouve tantôt les trois espèces à la fois, tantôt l'ail et la chicorée, ou la pâquerette et la chicorée, mais qu'on ne voit jamais l'ail et la chicorée ensemble à une distance de moins de vingt centimètres. Deleuil a alors transporté ces trois espèces en laboratoire où il les a cultivées. Il a ainsi mis en évidence la puissante et durable toxicité de l'ail vis-à-vis de la chicorée, la toxicité moyenne et temporaire de ce même ail envers la pâquerette, et la neutralisation de la toxicité de l'ail grâce à une antitoxine sécrétée par la pâquerette précisément sous l'influence de l'ail. Il est dès lors devenu évident que l'ail et la chicorée ne peuvent coexister que si la pâquerette, également présente, neutralise la toxine de l'ail. Cette pâquerette désintoxique le terrain au profit de la chicorée : elle fait à l'égard de cette dernière de l'« aide sociale » ! Et l'auteur de conclure : « Ces observations font songer au mécanisme toxine/antitoxine bien connu des bactériologistes. Le parallélisme est très étroit. La pâquerette élabore une substance anti-ail qui rend la chicorée insensible au poison sécrété par l'ail, comme le cheval fabrique l'antitoxine diphtérique qui guérit ou protège l'homme de l'attaque de la diphtérie. »

Cet exemple est fort intéressant, car on y voit jouer simultanément des mécanismes de compétition et de coopération. Dans la trilogie de Deleuil, l'ail joue le mauvais rôle, la pâquerette le bon. L'ail, si bienvenu dans nos salades, serait-il donc une plante méchante ? Certes, sa capacité à faire souffrir les autres, savamment qualifiée d'« allélopathique », a pu être mise en évidence sur de nombreuses espèces. Il est par exemple très agressif à l'encontre des pervenches qu'il élimine dès que ses populations atteignent une certaine densité. L'ail, qui doit sa saveur au disulfure d'allyle, voit ses substances soufrées et allélopathiques transformées dans le sol par des bactéries en sulfures. Or ceux-ci provoquent spécifiquement la germination et le développement des spores de certains champignons comme le *Sclerodium cepiforum*. Preuve que l'ail sait aussi, le cas échéant, rendre service à autrui !

Mieux encore : il a trouvé son maître. En effet, les très jeunes plantules émergeant des semences de betteraves, mises en extrait aqueux, inhibent la germination des graines d'ail et le développement des bulbes. Ici comme dans la fable, est bien pris qui croyait prendre !

Dans toutes ces stratégies, la plante s'emploie à contrôler un territoire grâce à ses émissions chimiques. Ainsi se fait déjà jour, chez les plantes, la notion de « territoire » qui revêtira chez les animaux une importance considérable. Défendre son territoire suppose la mise en œuvre de moyens offensifs ou défensifs qui, tous, mettent en jeu des réactions agressives : attaquer ou défendre un territoire, c'est faire la guerre. Chez les plantes télétoxiques, le territoire est contrôlé par l'émission de molécules qui ne vont pas sans évoquer les gaz de combat et autres armes de destruction massive : le compétiteur est éliminé ; mais si l'arme chimique est surdosée, l'attaquant l'est aussi. Il peut finir par s'auto-intoxiquer selon le principe de l'arroseur arrosé…

En fait, nous sommes loin de comprendre les subtils mécanismes de l'écologie et les lois qui régissent les interactions entre être vivants. Notre science en ce domaine est encore balbutiante. Elle permet tout au plus d'affirmer que les choses sont loin d'être aussi simples que pourraient nous le laisser croire certaines visions simplistes tendant à justifier les pratiques qu'exalte l'ultralibéralisme, fondé sur une concurrence acharnée et sans limite.

LIVRE 2

Chez les animaux

De l'association à la compassion

L'arbre et la fourmi

Au hit-parade des stratagèmes mis en œuvre pour la pollinisation des fleurs, la fourmi occupe une place modeste. Pas question pour elle de se mesurer aux abeilles et aux papillons dans l'art de transporter le pollen d'une fleur à l'autre et de recevoir en échange le délicieux nectar. Çà et là, cependant, les fourmis ont tenté leur chance dans ce domaine avec un certain succès. Dans le cas de la fleur, choisir une fourmi pour l'amour, c'est en quelque sorte rechercher la petite bête. C'est pourtant ce qu'ont réussi les *Orthocarpus*, d'humbles petites herbes américaines dépourvues de charme. Mais, pas folle, l'*Orthocarpus* a réussi à immuniser ses grains de pollen contre la myrmécassine, une substance antibiotique dont les fourmis sont enduites et qui exerce des effets toxiques sur le pollen. De la sorte, l'*Orthocarpus* y est insensible ; par ailleurs, ses fleurs n'ont nul besoin de paraître sous un jour flatteur ni de revêtir de somptueuses corolles, autant de stratégies de séduction auxquelles papillons et abeilles sont sensibles, mais qui laissent les fourmis de glace. Ces fleurs, dépourvues de tout attrait, produisent enfin des quantités de nectar insignifiantes, de quoi décourager tout autre insecte de venir les visiter.

Mais le transport du pollen d'*Orthocarpus* ne va pas sans risque, car les fourmis ont la détestable habitude de se toiletter en permanence ; c'est pourquoi la fleur ne leur livre que des charges de pollen minuscules, en sorte qu'elles ne les sentent guère sur leur échine : le service de fret du pollen doit être le plus discret possible. Pour limiter encore les risques d'une toilette intempestive, la longueur et la durée du transport sont limitées au strict minimum. L'*Orthocarpus* vit en touffes, les tiges et les feuilles s'entremêlent, si bien que les fourmis passent de l'une à l'autre en un temps record.

Tout cela est bien entendu complètement étranger aux pratiques de pollinisation mises en œuvre par les abeilles et les papillons qui sont dans la nature plus spécialement affectés au transport du pollen d'une fleur à l'autre. Les fleurs ne pouvant se déplacer, c'est l'insecte qui joue les *go-between*, les médiateurs obligés. Les fleurs ne négligent aucun stratagème, fût-il des plus sophistiqués, comme chez les orchidées, pour attirer l'insecte volage, le pollen qu'il charrie étant le garant de fécondations réussies et de récoltes de fruits généreuses. Ces superbes symbioses qui lient les insectes et les fleurs ont été longuement exposées dans deux ouvrages[1] ; nous n'y reviendrons pas ici.

Mais les fourmis ont développé avec les plantes d'autres types de symbioses qui s'apparentent aux services proposés par l'hôtellerie. Nul mieux qu'elles n'a su se ménager, dans les feuilles ou les branches d'arbres, le gîte et le couvert. Chez les *Œcophylles* d'Asie du Sud-Est, les fourmis se disposent sur le pourtour des feuilles et s'arrangent pour rapprocher deux feuilles bord à bord. Ensuite elles les cousent en utilisant, pour ce faire, les fils de soie sécrétés par leurs bébés ; si la production du bébé est trop chiche, elles le chatouillent du bout de leurs

1. Jean-Marie Pelt, *Les Plantes : amours et civilisations végétales*, Fayard, 1986 ; *Mes plus belles histoires de plantes*, Fayard, 1986.

antennes, ce qui provoque de vigoureuses sécrétions. Ainsi les fourmis œcophylles parviennent-elles, en soudant des feuilles deux à deux, à tisser jusqu'à cent cinquante nids par arbre ! Mais elles édifient aussi des étables de soie à l'intérieur desquelles elles séquestrent des poux suceurs de sève et producteurs de miel dont elles font leur nourriture. Naturellement, ces poux attirent des insectes prédateurs qui se font déloger sur-le-champ par les fourmis. L'arbre porteur de nids se trouve ainsi protégé de toute attaque, et la symbiose fonctionne au bénéfice des deux partenaires.

Ce type d'union entre arbres et fourmis est assez répandu. Une liane du Sud-Est asiatique, le *Dischidia collyris*, tout en grimpant le long de son support, rapproche étape après étape deux feuilles cireuses où des fourmis établissent leur campement. Celles-ci y laissent naturellement des débris divers, notamment les reliefs de leurs repas que les lianes s'empressent de récupérer en envoyant des racines aériennes à l'intérieur de ces campements et en se repaissant des ordures ménagères ainsi accumulées par les fourmis. De la sorte, le *Dischidia* s'assure une nourriture azotée satisfaisante, car il lui serait difficile de prélever les sels minéraux en quantité suffisante dans le sol et de les hisser aussi haut que la partie supérieure de la liane.

Le *Dischidia rafflesiana* fait mieux encore. Portant le nom du fondateur de Singapour, Sir Thomas Stamford Raffles, c'est autour de cette ville qu'on le repère aisément, notamment en bord de mer. Cette liane se singularise par des feuilles en forme d'urne, de dix centimètres de profondeur ; les racines aériennes pénètrent à l'intérieur par leur ouverture couverte d'un minuscule opercule. Les urnes sont remplies par les fourmis de débris et de cadavres d'insectes, mais aussi de terre. Le tout forme une sorte d'humus enrichi par l'engrais azoté que déposent les déchets d'animaux collectés par les fourmis. Naturellement, ces urnes collectent également l'eau de pluie, de sorte que les racines aériennes du *Dischidia* trouvent dans l'urne tout ce qui leur est nécessaire pour se nourrir. Mais, comme de nombreuses lianes, les *Dischidia* ont toutes les peines du monde à faire germer leurs graines au sol. Heureusement, les fourmis vont s'en occuper : elles ramassent les graines, les remontent dans les branches, les installent dans les fissures de l'écorce des arbres où elles trouvent les matières nutritives nécessaires à leur germination.

À la course au record de la plus parfaite symbiose entre plantes et fourmis, la codonanthe occupe une place de choix. Comme beaucoup de ses congénères, cette plante de Guyane organise sa vie dans les arbres, se nourrissant des détritus qui s'accumulent à la fourche des branches et lui fournissent les sels minéraux indispensables. La codonanthe porte des fruits rouges gorgés de graines dont les oiseaux raffolent. Comme chaque graine est équipée de manière à résister aux sucs digestifs de l'oiseau, celui-ci, en volant de branche en branche et en se soulageant ici et là, va la faire choir sur une branche, entourée de sa fiente, c'est-à-dire du minimum de sels minéraux nécessaire pour entamer sa germination. La codonanthe fait alors des racines qui pendent au-dessous de la branche porteuse, se contorsionnent, s'entrelacent, formant une armature externe. Les fourmis repèrent ces échafaudages en construction et y montent des particules de terre jusqu'à en refermer tous les interstices. Une véritable base spatiale est ainsi construite, et la codonanthe peut puiser généreusement dans la terre mise ainsi à sa disposition, à bonne hauteur, tandis que les fourmis, bien abritées dans ces nids, en assurent la garde et éloignent les éventuels compétiteurs.

Mais d'autres stratégies encore s'inspirent de ce principe symbiotique. Le tokoka de Guyane fabrique à la base de ses feuilles, sur le pétiole, de petits bulbes creux percés chacun d'une entrée. Les fourmis viennent s'installer dans ces sortes de guérites, protégeant la feuille qui peut dès lors verdir tranquillement sans courir aucun risque. Certes, il arrive parfois qu'une chenille de papillon squattérise le petit opercule : c'est le genre d'avanie que le monde de l'immobilier connaît bien.

Avec le bois canon, nous arrivons aux hébergements « 3 étoiles » ! Le bois canon ou *Cecropia* est un arbuste de Guyane. Sa tige creuse, faite d'un bois tendre, abrite des fourmis particulièrement agressives. Entre chaque nœud de la tige, comparable à celle du bambou, des cloisons transversales séparent des compartiments mis en contact les uns avec les autres par de petits orifices au diamètre savamment calculé pour laisser passer une fourmi à la fois, fût-elle grosse, c'est-à-dire sur le point de pondre. Or, curieusement, ce ne sont pas les fourmis qui ont percé ces trous, mais la plante elle-même ! Mieux encore : dans ces tiges creuses à compartiments séparés qui évoquent un long wagon, certains sont réservés aux nurseries qu'occupent seules les larves. Il y a donc les chambres des parents et celles des enfants. N'entre pas dans le wagon qui veut : les portes d'entrée sont en effet fermées par de minces cercles de bois que seules les fourmis sont à même de décapsuler avec leurs mandibules.

Mais la symbiose record est sans doute celle qui lie les fourmis à un acacia. Il s'agit d'*Acacia cornigera*, en français « porteur de cornes ». Ces cornes sont en fait des épines qui ressemblent à celles des rosiers, très larges à la base, pointues et recourbées au sommet. Ces épines sont creuses et on y accède par un orifice d'entrée situé à la base. Ce trou débouche sur un deux-pièces, l'une affectée aux adultes, l'autre, contiguë, aux enfants. Les problèmes d'hébergement étant résolus, restent ceux de l'approvisionnement en nourriture. L'acacia fabrique sur ses pétioles des glandes distributrices de nectar à fourmis ; elles nourrissent spécifiquement les adultes. Mais, au bout des folioles de l'acacia, se forment deux minuscules petits boutons de la taille d'une tête de fourmi. Ces glandes minuscules sont destinées exclusivement à la nourriture de la progéniture. Les parents fourmis surveillent leur maturation, les tâtent avec leurs pattes comme on évalue la qualité d'un melon, puis les récoltent pour les rapporter à leurs larves sitôt qu'elles sont jugées mûres. Les fourmis ainsi dotées du gîte et du couvert sont extrêmement reconnaissantes à leurs acacias qu'elles défendent bec et ongles contre la moindre intrusion. Elles sont si soucieuses du bien-être de leurs acacias qu'elles les protègent aussi de l'agression des autres plantes, éloignant par exemple les lianes qui risqueraient de les envahir. Privés de leurs fourmis, les acacias seraient menacés d'étouffement, malheur auquel ils échappent grâce à leurs efficaces protectrices.

Mais la symbiose entre plantes et fourmis atteint le comble de la perfection avec les champignonnières que créent et entretiennent les fourmis *Attas*, les fameuses « coupeuses de feuilles ». Il n'est pas exagéré de dire que celles-ci ont inventé le principe de l'agriculture. Ces fourmis se singularisent par les défilés quasi militaires qu'elles organisent, chacune portant au-dessus d'elle un gros morceau de feuille sans commune mesure avec sa taille. Ces feuilles, elles les ont découpées sur un arbre avec leurs mandibules. Certaines défilent sur le sol, parfaitement alignées, brandissant leurs morceaux de feuilles comme des oriflammes ; d'autres se laissent parachuter du haut de l'arbre, entraînées par le vent qui souffle et porte les morceaux de feuilles qu'elles tiennent. Elles atterrissent souvent fort loin de leur point de départ.

Toutes se dirigent vers d'énormes fourmilières souterraines qui communiquent entre elles sur une étendue pouvant atteindre plusieurs hectares. Dans ces mégalopoles souterraines, les *Attas* fabriquent un compost en broyant les feuilles en menus morceaux ; puis elles vont chercher des filaments de leur champignon symbiotique, appartenant toujours à une même espèce, en l'occurrence souvent une lépiote[1]. Ainsi cultivés, les filaments du champignon envahissent la fourmilière et produisent de minuscules expansions, riches en graisses et en sucres, dont les fourmis et leurs bébés se régalent.

Les fourmis veillent avec la plus grande attention à ce qu'aucun autre champignon ne s'immisce dans leur fourmilière : elles lèchent soigneusement la surface des morceaux de feuilles qu'elles y introduisent afin de les débarrasser de spores ou de filaments étrangers. Seul le champignon symbiotique a l'exclusivité de ce rapport avec elles. Il est protégé de l'attaque des bactéries qui pourraient lui être nuisibles par l'urine des fourmis, laquelle contient des substances antibiotiques. Il trouve enfin dans la fourmilière une ambiance qui lui convient parfaitement : un air humide très légèrement ventilé qui le protège du soleil tropical, puisque c'est sous les tropiques que les fourmis *Attas* exercent leur commerce.

Bien entendu, la fourmilière – ou la champignonnière, comme on voudra – est sévèrement gardée. À la moindre alerte, un fleuve rouge en jaillit : ce sont les fourmis-soldats, particulièrement agressives, qui montent la garde en permanence à l'entrée.

Si la fourmi élève le champignon, ce dernier la protège de tout danger. Par ses enzymes, il détruit dans le

1. *Rozites gouligiphora*, rebaptisée récemment *Leucoprinus gouligiphorus.*

compost les poisons chimiques que peuvent contenir les feuilles coupées par les *Attas*.

Mais l'étroit commerce qu'entretiennent *Attas* et champignons n'est pas fait pour arranger les humains, victimes des attaques massives des « coupeuses de feuilles ». Pour se défendre, ceux-ci tentent par exemple de brouiller les pistes soigneusement balisées par les fourmis. Car celles-ci déposent sur le sol d'infinitésimales gouttelettes de phéromones, traçant de la sorte un chemin parfumé que chacune suit sans s'autoriser le moindre écart. À proximité de la fourmilière, les pistes se rejoignent et deviennent de véritables autoroutes aromatiques. Des chercheurs anglais semblent avoir trouvé un moyen de lutte contre ces envahisseuses arrogantes en plaçant à proximité des zestes de citron empoisonnés qu'elles ramènent dans leur logis souterrain et qui transforment le champignon en champignon vénéneux ; du coup, les fourmis le fuient et il dépérit.

D'autres stratégies, s'apparentant à la lutte biologique, ont été expérimentées. Les *Attas* ont en effet des ennemis héréditaires : les *Aztekas*. Ces fourmis vivent sur les *Cecropia* déjà évoqués. Que les *Attas* tentent de s'installer sur des feuilles de *Cecropia*, et c'est aussitôt la guerre. Mais, pour que le stratagème soit payant, encore faudrait-il que les *Aztekas* daignent vouloir vivre sur d'autres végétaux que leurs fameux *Cecropias* ! Pour l'heure, elles n'attaquent les *Attas* que sur leurs arbres, mais ne s'aventurent guère ailleurs. En attendant, les *Attas* occupent donc le terrain, chacune portant bien droit sur sa tête, comme un emblème, le morceau de feuille démesuré qu'elle a sectionné avec ses mandibules et qu'elle s'empresse de charrier jusqu'à la champignonnière.

Mais il n'y a pas qu'une seule espèce d'*Attas* qui cultiverait une seule espèce de champignons. Les *Attas* sont spécialisées et chaque espèce – on en compte quatre cents – cultive sa propre espèce de champignons. Bien que la plupart des champignons symbiotiques n'aient pu encore être identifiés avec précision, on sait que le lien entre les uns et les autres est très strict.

Nombre de plantes dites myrmécophiles offrent des abris aux fourmis, parfois dans des organes spécialisés : de grosses tumeurs, par exemple. Les fourmis ne manquent pas de les remercier pour ce service en les défendant vigoureusement contre toute attaque perpétrée par des prédateurs étrangers.

L'étrange danse des abeilles

Les subtilités de la vie sociale dans le règne animal appellent l'attention sur les symbioses très élaborées dont font preuve les insectes sociaux. On a pu les comparer aux cellules d'un organisme unique et parfaitement coordonné au sein duquel la coopération entre cellules atteint un tel degré de perfection que nous avons peine à en concevoir les subtiles modalités.

La vie sociale des abeilles et des fourmis a fait l'objet d'innombrables études dans lesquelles s'est notamment illustré le plus brillant de nos éthologues : Rémy Chauvin. Les guêpes et les termites ont été eux aussi très étudiés. Quant aux araignées, de récentes études révèlent, chez certains groupes en tout cas, un instinct social très évolué. Tous ces insectes ont développé entre eux des symbioses aussi étroites que performantes, fondées sur la coopération et la nécessaire solidarité entre les membres de la communauté.

L'abeille, insecte pollinisateur par excellence, est un animal-symbole. Mais un symbole menacé par les pesticides et autres ingrédients chimiques largement utilisés par l'agriculture intensive. Pour Einstein, déjà inquiet de cette régression, sa disparition signerait le déclin de notre propre espèce. Car l'abeille joue un rôle irremplaçable dans les processus de pollinisation. Pendant des millénaires, elle a aussi représenté la seule source abondante de matière sucrée avant la culture de la canne, puis de la betterave sucrière.

Un nid d'abeilles, c'est une reine pondant près de deux mille œufs par jour, entourée de quelques dizaines de milliers d'ouvrières. La reine pond dans des alvéoles de cire adossées les unes aux autres pour former un rayon à deux faces. Les alvéoles contiennent le couvain et les réserves de miel et de pollen destinées à le nourrir. La construction des rayons de cire s'effectue avec une extrême précision. Lindauer, collaborateur de Karl von Frisch, grand spécialiste des abeilles, a montré qu'il fallait au moins cent vingt ouvrières pour la construction d'une cellule, chacune apportant sa particule de cire et l'insérant dans l'ensemble. En résulte un édifice final d'une régularité parfaite. Car les organes sensoriels de la tête et des antennes servent d'instruments de mesure et permettent à ces habiles ouvrières de parachever l'harmonieuse architecture de leur construction.

La régularité des cellules qui composent ces rayons avait inspiré à Réaumur l'idée d'en faire un étalon de mesure ; une idée à laquelle il fallut renoncer car les races d'abeilles sont de taille variable, d'où des cellules de tailles également diverses. L'étalon n'aurait donc pas été fiable.

Lorsque la colonie devient par trop prolifique, elle se divise en deux éléments : la reine la plus ancienne quitte la ruche avec son essaim tandis que d'autres ouvrières reprennent le cycle d'élevage avec une nouvelle reine.

Nos connaissances sur le mode de vie des abeilles ont été entièrement renouvelées par les travaux de Karl von Frisch, prix Nobel de physiologie et de médecine en 1973. Les observateurs de ces insectes sociaux avaient été de longue date intrigués par la manière dont ils s'agitent dans la ruche, s'adonnant à des frétillements et à des danses dont le sens restait mystérieux à leurs yeux. Ce sont ces danses dont Karl von Frisch parvint à élucider la signification. Il découvrit en effet que les boucles rapides décrites par les abeilles sur la face d'un rayon, et que l'on connaissait depuis Aristote, correspondent à la communication d'un message entre la danseuse et ses voisines. La danse vise à « expliquer » aux collègues butineuses à quelle distance se trouve la nouvelle source de nourriture – un champ en fleur, par exemple – que la danseuse vient de découvrir. La cadence de la danse fournit une information très précise sur cette distance ; elle est d'autant plus rapide que la source de nourriture est plus proche. Mais la danse indique aussi la direction dans laquelle cette nourriture se trouve. Pour ce faire, la danseuse décrit et parcourt sur le rayon une sorte de huit dont l'axe est plus ou moins incliné par rapport à la verticale. À l'issue d'observations minutieuses, Karl von Frisch découvrit que l'angle que forme l'axe du huit par rapport à la verticale est identique à celui formé par deux lignes droites, l'une reliant la ruche au Soleil, l'autre reliant la source de nourriture à la ruche. L'angle du huit par rapport à la verticale revêt donc une extrême importance et la danseuse bourdonne lorsqu'elle le parcourt, comme si elle cherchait à attirer l'attention de ses congénères les plus proches. La vue ne joue aucun rôle dans ce comportement, puisque tout se passe dans l'obscurité complète de la ruche, mais les congénères des danseuses sont néanmoins informées avec précision, car elles suivent étroitement leurs évolutions et enregistrent de la sorte l'information qui leur est communiquée.

Le décodage du mécanisme de la danse des abeilles a néanmoins suscité doutes et controverses : la précision du dispositif paraissait presque trop belle pour être vraie ! Un entomologiste américain, Wenner, sans toutefois réfuter ces danses que n'importe qui peut observer, prétendit que leur seule utilité était de battre le rappel des butineuses et de les inviter à entreprendre la conquête du nectar. Mais elles ne fourniraient, selon lui, aucune information ni sur la direction, ni sur la distance de la source de nourriture. En l'occurrence, l'odorat des abeilles suffirait à leur guidage.

Von Frisch avait certes noté que, grâce à leurs antennes, les abeilles qui suivent de près la danseuse flairent sur son abdomen l'arôme de la fleur qu'elle a visitée. L'odorat joue donc incontestablement un rôle dans l'interprétation de la danse et dans la découverte de la nourriture. Pour autant, les interprétations de Karl von Frisch étaient-elles caduques ? Les minutieuses expériences d'un troisième protagoniste, Gould, ont contribué à trancher le débat.

Gould dispose une ruche vitrée dans une pièce obscure, éclairée par une seule lampe. L'axe des danses va alors s'orienter vers la lampe, sans doute confondue par les abeilles avec le Soleil. Mais si l'on obscurcit les yeux de la danseuse dans la ruche vitrée, elle se croit dans l'obscurité et reprend la position du Soleil et la verticale comme références ; en revanche, ses suiveuses, dont les yeux sont dégagés, estiment probablement que c'est la lampe que les danseuses aveugles utilisent comme référence, et, du coup, elles ne s'orientent pas dans la direction où la danseuse aveugle entend les envoyer selon le système de guidage décodé par Karl von Frisch. La lampe allumée et la ruche vitrée faussent complètement l'interprétation de la danse par les butineuses. Gould pose alors sur le terrain des sources de nourriture en des lieux dont les uns correspondent à l'indication fournie par la danseuse aveuglée qui danse par rapport à la verticale, et les autres à l'indication qu'elle aurait donnée si elle avait pris la lampe comme référence. Or c'est vers ces dernières sources que les abeilles se dirigent. Bref, en manipulant la belle ordonnance de la danse des abeilles, on leur fait transmettre des informations erronées. En revanche, dans l'obscurité, tout se passe comme Karl von Frisch l'avait décrit…

Mais comme rien n'est simple dans la nature, toute une série d'observations ultérieures ont démontré une certaine indétermination dans le comportement des abeilles. On a d'abord constaté qu'il existe des différences dans la précision de l'indication de distance, à la fois selon les ruches et en fonction des individus. Il faut au moins cinq passages frétillants sur le huit pour que les voisines puissent trouver la nourriture désignée par la danseuse. Ce qui n'a pas empêché d'observer une butineuse qui a suivi plus de trois cents passages sans parvenir pour autant à repérer sa provende ! Puis on a remarqué que la danseuse a généralement tendance à surestimer la distance. Enfin, on a constaté que la moitié seulement des abeilles qui suivent la danseuse trouvent la nourriture, autrement dit la bonne direction et la bonne distance.

Pour tout compliquer encore, il existe des danses muettes qui n'émettent pas le bourdonnement caractéristique de la danse frétillante et ne sont suivies d'aucun effet sur les congénères ; leur signification nous échappe encore.

Bref, les modalités de mise en pratique de la découverte majeure de Karl von Frisch demandent à être davantage précisées. Lindauer et Martin ont montré par exemple qu'il existe de légères erreurs dans l'indication de la direction souhaitée ; ces erreurs sont corrélées avec les variations du champ magnétique terrestre : si l'on supprime ces variations en créant un champ artificiel, les erreurs disparaissent. Enfin, la luminescence aussi jouerait un certain rôle ; les abeilles, on le sait, ne sortent pas la nuit ; il n'empêche qu'on note de légères différences d'activité selon les phases de la Lune.

Voilà en tout cas qui réduit à néant l'idée bien ancrée selon laquelle les comportements des insectes sociaux seraient élémentaires et quasi automatisés. Ici, dans la transmission d'informations chez les abeilles, bon nombre de facteurs interviennent et le service mutuel que se rendent les ouvrières a ses limites. Ce qui est en revanche évident, c'est que si les abeilles cessaient de danser, elles cesseraient de butiner et ruineraient du même coup le « service de la pollinisation », si étroitement lié à nos propres besoins. Car si tous les problèmes inhérents à la danse des abeilles n'ont pas encore été résolus, c'est néanmoins à cette danse que nous sommes redevables de l'activité de nos amies butineuses, du fait d'une symbiose où nous sommes directement partie prenante et dont nous sommes aussi les heureux bénéficiaires.

Amabilités en pleine mer

Le milieu marin est le siège de symbioses étonnantes et souvent complexes. Ainsi, par exemple, celui du service du nettoyage… Le « nettoyeur » s'emploie à éliminer des parasites, des lambeaux de chair morte, des reliefs de nourriture présents sur la peau, dans la bouche ou les ouïes de nombreux poissons. Il consomme ces déchets qui auraient pu provoquer chez les nettoyés d'éventuelles infections. Si, par exemple, on élimine les « nettoyeurs » d'un récif corallien, on observe une rapide augmentation des infections et du parasitisme chez les occupants, ce qui démontre tout l'intérêt de l'association.

Entre le nettoyeur et le nettoyé, un code de communication basé sur des postures et des attitudes d'invite ou de rejet permet de savoir si les services du nettoyeur sont souhaités ou si, au contraire, le repas terminé, il vaut mieux que le client aille se faire voir ailleurs.

Dans le premier cas, on note une posture d'invite : position verticale du corps, bouche et opercules ouverts ; dans le second cas, la bouche émet des mouvements saccadés d'ouverture et de fermeture, et l'animal se laisse aller à des oscillations latérales.

Le nettoyeur n'est pas obligatoirement inféodé à un

seul type de nettoyé : ses clients peuvent être nombreux et appartenir à des espèces fort différentes.

Pas moins de quarante-cinq espèces de poissons pratiquent le nettoyage. Lorsque les poissons parasités arrivent, ceux-ci se mettent en ligne pour être traités chacun son tour comme une clientèle parfaitement disciplinée.

Le nettoyeur commun[1] des mers chaudes de l'Ancien Monde est un joli petit poisson à rayures bleues et noires opérant dans les récifs coralliens. Il pénètre hardiment dans la bouche et les ouïes de grands prédateurs tels que les murènes, et les débarrasse de leurs parasites. Ce poisson possède un mime[2] qui profite de sa ressemblance avec le nettoyeur ; ce mime s'approche des animaux en attente de nettoyage et leur arrache une écaille, un fragment de nageoire ou même de chair. De ces deux poissons si voisins par leur comportement, le premier pratique la symbiose, le second le parasitisme.

Sur les côtes qui vont de la basse Californie à l'Équateur, un poisson-papillon vit en association avec le requin-marteau. Les papillons nettoyeurs n'exercent leur activité que dans des zones bien délimitées qui sont autant de véritables stations de nettoyage. L'îlot corallien Manuelita de l'île de Coco, au Costa Rica, compte par exemple trois stations distantes de quelques dizaines de mètres les unes des autres. Il s'agit de pinacles coralliens submergés ou de pentes récifales. L'activité de ces stations varie avec le temps : elle est tantôt nulle, tantôt fébrile et trépidante ; on observe alors d'importants regroupements de requins-marteaux qui viennent se faire déparasiter par les papillons nettoyeurs. Il est probable que pour ces requins,

1. *Labroides dimidiatus.*
2. *Aspidontus daeniatus.*

ces sites de nettoyage soient des escales sur les routes de leur migration.

Les raies mantas comme les requins-marteaux bénéficient aussi des services de stations de nettoyage dont les tenanciers nettoyeurs sont des poissons-anges, notamment l'ange de Clavion. Les raies entretiennent avec leurs « anges gardiens » des relations de grande proximité. En cours de nettoyage, elles se laissent même approcher par d'autres espèces, y compris jusqu'au contact physique. Nicolas Hulot a ainsi décrit un contact très rapproché et un tantinet effrayé avec une raie manta de plusieurs mètres de diamètre…

Les tortues marines des récifs coralliens sont encore mieux loties puisqu'elles possèdent deux types de nettoyeurs : les uns s'occupent de leur carapace, qu'ils débarrassent des algues dont la prolifération alourdirait l'animal, l'obligeant à un effort supplémentaire pour nager ; les autres, carnivores, dévorent les parasites qui attaquent les parties les plus tendres de la tortue : à la base de la tête, des pattes et de la queue. Ces opérations s'effectuent tandis que la tortue repose sur le fond marin.

Les rapports des requins avec leurs symbiotes, les rémoras, poissons apparentés aux perches, illustrent parfaitement les symbioses du nettoyage en mer. Le rémora se fixe sur le corps du requin par une solide ventouse qui, toutefois, ne l'empêche pas de se déplacer sur son hôte. Il débarrasse les requins des parasites qui occupent leur peau ; il peut même arriver qu'il entre dans ses ouïes pour parfaire ses opérations de nettoyage. Transporté par un prédateur aussi redoutable, on conçoit qu'il bénéficie, en retour, d'une solide protection de son hôte que nul n'ose approcher.

Les symbioses de nettoyage ne sont pas propres au milieu marin. Il n'est pas rare de voir de petits oiseaux tourner autour de troupeaux de buffles. Ces pique-bœufs se nourrissent de tiques et de larves d'insectes logées dans la peau des buffles, et complètent leurs repas en avalant des insectes soulevés par le pas des troupeaux à travers la savane. Les buffles se gardent bien de les chasser, car ils nettoient des endroits qui leur sont inaccessibles : le dos, le museau, les oreilles. Ils se nourrissent même du cérumen, l'empêchant de s'accumuler, et assurent ainsi la bonne capacité auditive de leurs hôtes. Ils forment en outre une garde vigilante et donnent l'alerte à l'approche de tout prédateur éventuel.

Le crocodile du Nil est très accueillant pour son nettoyeur : il ouvre grand ses mâchoires tandis que le pluvian d'Égypte vient y picorer en toute quiétude. L'oiseau débarrasse l'animal des sangsues et autres parasites, ainsi que des lambeaux de chair coincés entre ses dents.

Mais revenons à la mer. Un autre type de symbiose classique du monde marin vise la protection contre les prédateurs. Ainsi du bernard-l'ermite : l'abdomen mou et vulnérable de cet animal lui impose de se protéger dans une coquille empruntée à un gastéropode. Sur celle-ci se fixent des anémones de mer à cellules urticantes qui éloignent d'éventuels prédateurs. L'anémone bénéficie en échange de la mobilité que lui offre son hôte, ce qui élargit le champ de ses ressources alimentaires. Les anémones bénéficient aussi des reliefs de nourriture du bernard-l'ermite.

Des éponges rendent aux bernard-l'ermite des services analogues à ceux qu'ils tirent de leur symbiose avec les anémones de mer : l'éponge se fixe sur la coquille et gagne dès lors en mobilité ; elle se déplace avec le bernard-l'ermite, ce qui étend ses possibilités alimentaires, tandis que l'animal est ainsi protégé par les toxines de l'éponge qui tiennent ses prédateurs à distance. L'éponge finit par recouvrir totalement la coquille et même par la dissoudre, ce qui libère l'animal, protégé de la nécessité de changer de logement. Car le bernard-l'ermite est obligé de déménager vers une autre coquille, comme sa croissance l'y oblige normalement. Il évite du coup la phase très critique du déménagement au cours de laquelle il est particulièrement vulnérable.

Les relations des poissons-clowns avec les anémones de mer sont bien connues. Celles-ci sont redoutables pour la plupart des poissons de par leurs tentacules garnis de milliers de cellules urticantes qui leur servent à tuer leurs proies pour s'en repaître. Les poissons-clowns ont déjoué le piège et s'immunisent en effleurant très brièvement l'anémone pour s'enduire d'un mucus contenant une substance qui retarde la mise en action des cellules urticantes lors des contacts avec les tentacules. Ainsi protégé, le poisson-clown se trouve à l'abri de tout prédateur. Il se love au milieu des tentacules dont il n'a plus rien à craindre, et protège l'anémone contre les attaques du poisson-papillon qui risque de dévorer les tentacules. De surcroît, le poisson-clown, protégé et protecteur, fournit des aliments à l'anémone et assure un brassage de l'eau par ses va-et-vient continuels, apportant oxygène et particules alimentaires à son hôte.

D'autres hôtes peuvent se rencontrer dans les anémones, en particulier la crevette améthyste dans l'anémone verte. Cette nettoyeuse perd son immunité à l'occasion de ses mues; elle doit donc la reconstituer en prélevant le mucus protecteur de l'anémone à l'aide de ses pinces afin de s'en enduire le corps.

Belle symbiose encore de protection mutuelle dans les récifs de la mer Rouge entre des crevettes et des gobies. Le gobie, un poisson, surveille l'entrée du logement commun qu'il partage avec la crevette. Cette dernière, aveugle mais bonne excavatrice, réaménage en permanence cet habitat partagé. La crevette communique par ses antennes avec le poisson, lequel l'alerte ou la rassure par des mouvements spécifiques de ses nageoires ; ainsi le gobie dispose d'un terrier creusé et entretenu, tandis que la crevette aveugle bénéficie des services d'un bon gardien.

La luminescence propre à divers animaux marins est le fruit d'une étrange symbiose. Des poissons, des méduses, des calamars présentent ce phénomène dû à des bactéries symbiotiques. L'émission lumineuse est le fruit d'une réaction d'oxydation entre deux composés chimiques présents dans ces bactéries : la luciférine et la luciférase. Ces bactéries prolifèrent dans les tubes glandulaires de l'hôte où elles trouvent un milieu de culture favorable à leur développement. Elles ne peuvent vivre que dans ce milieu où elles bénéficient d'une intense irrigation qui assure l'oxygénation nécessaire à l'oxydation de la luciférine. Cette symbiose fonctionne au bénéfice mutuel des partenaires : les proies sont attirées par la lumière ; les prédateurs sont éblouis et confondent la luminescence avec des reflets de la Lune.

La luminescence peut être aussi un signal de reconnaissance entre partenaires sexuels. Le niveau d'éclairement peut être réglé par une sorte de paupière permettant de la masquer en cas de besoin, notamment s'il est avantageux de passer inaperçu.

Mais ce que le plongeur sous-marin ne verra jamais, c'est la symbiose chimio-synthétique qui se produit dans les fonds abyssaux d'où sourdent des sources hydrothermales émettant des flux d'eau à haute température. Autour de ces sources, des vers géants, pouvant atteindre deux mètres de long, les *Riftia*, dépourvus de tout système digestif, abritent dans un tissu particulier, richement vascularisé, le trophosome, des bactéries symbiotiques autotrophes. L'hémoglobine du *Riftia* fixe l'hydrogène sulfuré et le gaz carbonique émanant des sources chaudes, et les transporte jusqu'au trophosome. Là, les bactéries symbiotiques oxydent l'hydrogène sulfuré en sulfates, avec dégagement d'énergie. Cette énergie permet la synthèse, à partir de gaz carbonique, de molécules organiques assimilables par les *Riftia*. Il s'agit ici d'une symbiose alimentaire dont profitent les deux partenaires : les bactéries bénéficient de l'aptitude du *Riftia* à capter et véhiculer l'hydrogène sulfuré ; le *Riftia*, de son côté, bénéficie des matières organiques synthétisées par les bactéries. Ce scénario se déroule tout au fond des mers où l'absence de lumière exclut toute photosynthèse. Il correspond à un mode de vie original où la plante photosynthétique n'est plus le producteur primaire et où la vie explore une tout autre voie propre aux abysses.

Dans tous les cas cités, les partenaires de la symbiose sont solidaires : ce qui est bon pour l'un l'est pour l'autre. L'un et l'autre tirent des bénéfices de leur vie commune.

Des oiseaux aux mœurs mystérieuses

Un faucon plane au-dessus d'un nid d'alouettes. Confrontée à cette menace, la mère quitte les oisillons et s'éloigne du nid en battant le sol d'une aile, simulant une blessure : l'alouette détourne ainsi l'attention du prédateur et protège ses petits en affrontant elle-même le danger.

Cet exemple parmi tant d'autres illustre les parades mises en œuvre par les mères pour protéger leur progéniture. Nombreux sont les animaux sauvages habituellement inoffensifs qui deviennent agressifs lorsqu'on s'approche par trop de leurs petits. Tel est, par exemple, le cas du cygne : la solidarité entre la mère et sa descendance est l'un des liens les plus forts de la nature. L'amour maternel, chez les animaux comme chez les humains, a de tout temps inspiré une littérature généreuse où les exemples de solidarité et de dévouement sont innombrables. Ils mériteraient à eux seuls de vastes développements.

Sur le plan de la protection, de la nourriture et de l'éducation des petits, les oiseaux se singularisent en s'offrant mutuellement des aides. Chez les geais, en particulier, frères et sœurs aînés sont chargés d'éduquer les nouveau-nés, de les nourrir et d'en éloigner les prédateurs. Mais les assistants qui viennent aider les parents ne sont pas toujours des jeunes d'une précédente couvée. Il peut s'agir d'individus étrangers à la famille, inemployés ou immatures, qui s'adonnent aux tâches de nourrissage et de nettoyage. Ils veillent aussi à la sécurité des nichées, avertissent de l'approche d'un danger éventuel, et peuvent aussi aider à la construction du nid ; leurs tâches sont donc aussi riches que diverses. Ces assistants, que la littérature scientifique anglo-saxonne appelle les *helpers* (les aides), appartiennent généralement à l'espèce qu'ils assistent. Mais il existe aussi des associations interspécifiques.

Les assistants sont tout à leur tâche. Généralement, ils ne se reproduisent pas et n'ont aucune activité sexuelle. Chez le geai bleu d'Amérique, par exemple, qui vit en couple monogame avec les jeunes de l'année précédente et parfois de plusieurs années antérieures, on compte d'un à six auxiliaires par couple. Un couple sur deux environ bénéficie de ces aides. Ces couples et leurs progénitures, bien nourris et mieux défendus contre les prédateurs, comptent plus de petits qui arrivent à maturité que les couples sans auxiliaires.

Ces phénomènes d'altruisme ont beaucoup préoccupé les zoologistes darwiniens qui ont cherché à mettre en évidence l'avantage que de tels comportements représentent pour ceux qui les exercent, puisque l'auxiliaire ne travaille pas pour lui-même, ne tire aucun avantage de son comportement altruiste, et ne favorise donc en aucune façon la perpétuation de ses propres gènes. Comment expliquer alors cette atteinte à l'égoïsme, censé être la loi d'airain de la nature, tout au moins aux yeux des darwiniens les plus « pointus », les sociobiologistes. Pour contourner la difficulté, on considérera non plus l'individu, mais l'espèce, en évaluant l'avantage global tiré par celle-ci de ces comportements individuels qui semblent contredire la règle du « chacun pour soi ». En fait, si l'aide ne tire aucun profit de son comportement altruiste, en stimulant l'ardeur vitale et le taux de reproduction de ceux qu'il aide, il contribue à sa manière au bien de sa propre espèce.

Mais que dire lorsque les phénomènes d'altruisme se produisent entre individus appartenant à des espèces différentes ? Cette question a fait couler des flots d'encre chez les sociobiologistes qui ne lui ont toujours pas trouvé de réponse satisfaisante. Mais peut-être qu'après tout les gènes sont moins « égoïstes » qu'on ne le pense [1], et l'altruisme désintéressé un fait de nature dont les lignes ci-après vont nous offrir de multiples exemples ?

La construction de nids collectifs est une autre forme de coopération très prisée chez certaines espèces d'oiseaux terrestres. Les hirondelles aménagent leurs nids en les disposant souvent côte à côte ; l'étourneau caronculé peut ainsi établir quelque quatre cents nids dans le même acacia. Cette tendance a conduit à des nidifications en nids collectifs (communs à plusieurs couples) au sein desquels chacun possède sa loge individuelle. Cet habitat collectif implique une économie de matériaux et ne se retrouve que chez des espèces grégaires dans la mesure où chaque couple possède un territoire réduit à l'extrême et une forte promiscuité avec ses voisins.

La nidification peut aussi rapprocher des oiseaux d'espèces différentes. Les aires des grands rapaces, formées de branchages grossièrement enchevêtrés, peuvent constituer des lieux de nidification pour de petits passereaux. Ces menus oiseaux n'ont rien à redouter d'un rapace de la taille d'un aigle qui sera pour eux un protecteur, éloignant des rapaces de plus petite taille, leurs véritables prédateurs, ainsi d'ailleurs que les pillards de

1. Richard Dawskin, *Le Gène égoïste*, Paris, éd. Odile Jacob, 2003.

nids tels que les corbeaux, qui resteront prudemment à distance.

Mais, à l'inverse, les oiseaux peuvent aussi s'associer à plus petits qu'eux : à des insectes, par exemple. Le geai des bois utilise des fourmis pour se débarrasser de ses tiques, entre autres parasites. Pour ce faire, il se jette carrément dans des nids de fourmis. Un tel comportement a une triple fonction : il débarrasse l'oiseau de ses parasites, il nourrit les fourmis, enfin il les déplace de par son vol sur des distances parfois importantes.

Ce « formicage » ou bain de fourmis est l'une des activités qui comptent parmi les plus étranges mises en scène par les oiseaux. Plus de deux cent cinquante espèces de volatiles s'y adonnent. Il en existe en quelque sorte une forme douce et une forme dure. Le premier cas est le plus commun : l'oiseau prend une fourmi dans son bec et la frotte contre ses plumes avec une attention toujours plus marquée pour l'aile gauche. Puis la fourmi est dévorée ou rejetée, et l'oiseau en prend une autre. Il semble tirer grand plaisir à ce jeu, comme à une forme d'autoérotisme. L'autre forme de « formicage » est le vrai bain de fourmis, fréquent chez les geais, les corvidés, les grives… Les fourmis grimpent sur l'oiseau qui s'ébat parmi leur nid et semble tirer un vif plaisir de cette activité.

On a beaucoup débattu sur le but du formicage ; la plupart y voient un moyen pour les oiseaux de se débarrasser de leurs parasites grâce aux propriétés insecticides de l'acide formique ; en revanche, l'intérêt pour les fourmis est moins évident, et si symbiose il y a, son sens reste à découvrir.

Comparés à ces comportements plus ou moins coopératifs, ceux des oiseaux du genre *Indicator* paraissent d'une extraordinaire sophistication. Ces volatiles pratiquent des symbioses on ne peut plus élaborées avec une sorte de blaireau africain, le ratel, mais aussi avec des humains, les Borans du Kenya. Ce qui n'exclut nullement des comportements inverses, franchement hostiles envers d'autres oiseaux. L'« indicateur » pratique en effet ce que les éthologues appellent un parasitisme de couvaison exclusive, confiant à d'autres oiseaux le soin de nourrir et d'élever sa descendance. Mais ce parasitisme s'exerce avec une grande cruauté : l'indicateur pond un œuf dans le nid d'un oiseau d'une autre espèce ; quand le petit indicateur éclôt dans le nid squattérisé, oisillon aveugle et sans ailes, il s'empresse, avec son bec muni de deux crochets recourbés et transparents, de jeter pardessus bord tous les petits de ses parents adoptifs. Cette cruauté en quelque sorte native est compensée par l'extrême sollicitude que ces oiseaux portent à certains mammifères, dont l'homme et le ratel.

L'indicateur est encore désigné sous le nom de mangemiel. En fait, il ne se nourrit que de cire et de larves d'abeilles ; mais il est incapable de pénétrer lui-même dans les nids d'abeilles et laisse à l'homme ou au ratel le soin de le faire en ses lieu et place. Ayant repéré un nid, l'oiseau pousse un cri spécialement destiné à alerter les ratels des environs sur la présence d'abeilles. Les ratels se repèrent au cri de l'oiseau qui, volant d'arbre en arbre, les guide jusqu'à la ruche ou au nid. L'ayant découvert, le ratel le casse en morceaux au moyen de ses griffes puissantes pour en extraire le miel et s'en nourrir. Furieuse, l'abeille tente de piquer l'animal, mais sans succès, car sa fourrure et son cuir épais le protègent. Son repas terminé, le ratel laisse à l'oiseau le soin de venir se repaître de la cire et des larves du nid.

Mais ce qui est bon pour le ratel l'est aussi pour les humains. Entre eux les Borans du Kenya et des « indicateurs » organisent très finement le partage de la nourriture des nids : la cire pour l'« indicateur », le miel pour les Borans. C'est un missionnaire portugais séjournant en Afrique, João Dos Santos, qui, le premier, observa les mœurs alimentaires des « indicateurs » : ceux-ci venaient picorer la cire des cierges disposés sur l'autel. On sait aujourd'hui que pour digérer la cire, l'animal héberge dans son estomac une bactérie spécifique qui la transforme en acide gras assimilable – autre symbiose spécifique de cet oiseau…

Toujours est-il que des « indicateurs » conduisent les Borans vers les nids comme ils font pour les ratels. La première étape consiste, pour les Borans, à attirer l'attention de l'oiseau par un sifflement suraigu pouvant être entendu à plus d'un kilomètre à la ronde. L'« indicateur » s'approche alors de l'émetteur et émet à son tour une note qui est un appel. Puis il disparaît en volant dans une direction précise, celle du nid, vers quoi vont s'engager ses suiveurs. Les Borans poussent à nouveau leur sifflement et l'oiseau revient, émet son cri, puis repart dans la même direction, suivi par les chasseurs de nids. Cette opération se répète plusieurs fois, mais, chaque fois, au fur et à mesure qu'il se rapproche du nid, la distance séparant l'oiseau du suiveur qu'il attend se réduit. De même, la hauteur du perchage de l'oiseau va en diminuant au fil du processus d'approche. Parvenu près du nid, l'oiseau émet un sifflement particulier, une sorte de « Nous y sommes ! », puis il reste silencieux, comme les Borans eux-mêmes. L'« indicateur » vole alors au-dessus du nid désormais repéré par les chasseurs qui vont y prélever le miel, après quoi les « indicateurs » se nourriront de la cire et des larves.

Les spécialistes ont beaucoup débattu sur la signification de ces comportements. Du fait que l'oiseau se laisse de plus en plus approcher par les chasseurs au fur et à mesure que lui-même s'approche du nid, d'aucuns ont cru devoir inférer qu'il éprouve de moins en moins de crainte de ses suiveurs. C'est une hypothèse que semble pourtant exclure Stéphane Deligeorges qui rapporte par le menu ces comportements [1].

Cet échange de services ou mutualisme entre deux espèces en l'occurrence fort distantes dans l'Arbre de la vie pourrait nous faire douter de l'existence des phénomènes agressifs qui, chez les oiseaux, prennent pourtant parfois un tour surprenant, comme en témoignent les «parlements d'oiseaux». Ces comportements collectifs sont observés notamment chez les corvidés (corbeaux, corneilles, freux, etc.) : les oiseaux se disposent en cercle autour d'une victime qui occupe la position centrale, puis se ruent sur elle et, au bout de quelques secondes, il n'en subsiste plus que du sang et des plumes. Parfois même la victime meurt de peur, foudroyée par une crise cardiaque.

Ces étranges comportements n'ont pas trouvé encore d'explication satisfaisante, mais viennent opportunément rappeler que, symétriquement aux phénomènes de symbiose, l'agressivité est bel et bien présente dans la nature [2] Solidarité et agressivité sont comme l'envers et l'avers de la Vie, laquelle y trouve son équilibre. Mais les phénomènes de solidarité jouent un rôle beaucoup plus grand qu'on ne le pense en général dans nos sociétés viscéralement «branchées» sur les comportements agressifs et qui valorisent volontiers les conflits, quand elles ne les citent pas en exemple, grâce aux médias. Les solidarités, si nombreuses et parfois si émouvantes, sont, elles, trop souvent oubliées.

---

1. Stéphane Deligeorges, *La Recherche*, n° 353, mai 2002, p. 49.
2. Jean-Marie Pelt et Franck Steffan, *La Loi de la jungle, op. cit.*

L'amour et l'amitié

La chimpanzé Lucie, élevée par des humains, se sentait seule. On la mit en présence d'un chaton. Elle manifesta à son égard une attitude agressive et tenta de le mordre. Le scénario se reproduisit à la seconde présentation du petit chat. À la troisième tentative, Lucie se fit plus calme et le chaton la suivit comme son ombre. Au bout d'une demi-heure, la chimpanzé souleva le petit félin et l'embrassa. Puis elle l'épouilla, le berça, le transporta avec elle en permanence, lui prépara des nids douillets et le garda à l'écart des hommes. Lucie avait désormais un animal de compagnie. Mais, comme le chaton ne savait pas s'accrocher aux flancs de Lucie, à l'instar des jeunes chimpanzés, elle le tenait dans sa main ou l'incitait à grimper sur son dos, ce que le petit félin exécutait, semble-t-il, sans inquiétude et même avec bonheur.

Plus étonnante encore, l'histoire de ces chatons adoptés par une rate, en contradiction avec la légendaire hostilité entre ces deux espèces. Mais les chatons tètent leur mère quand celle-ci est en position allongée, alors que les rates allaitent leurs petits debout sur leurs pattes ; la rate tenta donc de placer les chatons dans la bonne position et déploya pour ce faire de grands efforts, sans succès. Puis on tenta d'offrir à des rates des poussins qu'elles tentèrent aussitôt de fourrer dans leurs nids ; les poussins s'agitèrent si fort que cette seconde tentative échoua à son tour.

De réelles amitiés peuvent se développer, on le voit, entre espèces considérées comme des ennemies héréditaires. La légende de Romulus et Rémus, allaités par une louve, est restée dans toutes les mémoires. Mais, dans ces cas, il s'agit de comportements individuels qui ne s'étendent pas à l'ensemble de l'espèce. Ainsi une femelle léopard qui avait été élevée au biberon avec une chienne jouait amicalement avec cette dernière, mais elle n'en tentait pas moins de tuer tous les autres chiens, y compris ceux qui ressemblaient beaucoup à son amie d'enfance.

On cite aussi d'étonnantes affections entre chevaux et chèvres. Aussi le cas de cet éléphant en captivité qui avait pris l'habitude de mettre de côté un petit tas de graines à l'intention d'une souris !

Étranges relations d'amitié que ne dément pas l'expérience de Cosme de Médicis qui, au XVe siècle, enferma une girafe avec des lions, des chiens et des taureaux de combat afin de savoir lequel de ces animaux était le plus sauvage. Convié au spectacle, le pape Pie II découvrit non sans surprise les lions et les chiens assoupis côte à côte, les taureaux ruminant paisiblement, et la girafe apeurée blottie contre la clôture. Aucune goutte de sang n'avait été versée.

Mais des liens d'amitié peuvent aussi se nouer entre individus de même espèce : une vieille lionne qui avait perdu ses dents – une catastrophe pour un carnivore ! – put survivre des années durant grâce aux lions plus jeunes qui partageaient leur nourriture avec elle.

Les renards sont bien connus, eux, pour ne pas partager volontiers leur pitance ; mais David McDonald, un de leurs spécialistes, trouva un jour une renarde grièvement blessée par une moissonneuse ; saigné à mort, l'animal ne survécut pas. Le lendemain, pourtant, sa sœur vint apporter de la nourriture à l'endroit précis où, la veille, la renarde avait été blessée et où subsistaient des traces sanglantes. Elle émettait ces petits cris qui invitent habituellement les renardeaux à passer à table. Le même auteur observa un jour un renard blessé à la patte par une épine ; la blessure s'infecta, handicapant à ce point l'animal qu'il ne parvenait plus à se nourrir ; la renarde dominante lui apporta à manger et l'éclopé guérit.

De tels exemples pourraient être multipliés. Les animaux seraient-ils donc capables de compassion ? Toujours est-il qu'ils savent se porter mutuellement secours. L'étrange manège des rhinocéros et des éléphants en témoigne.

Une mère rhinocéros et son bébé circulaient dans une clairière lorsque le petit resta prisonnier d'une boue épaisse. Sa mère revint sur ses pas, le renifla, puis regagna le couvert des arbres. Ce manège se reproduisit plusieurs fois : n'ayant découvert aucune blessure sur son petit, la mère ne semblait pas comprendre où était le problème. Déboula un groupe d'éléphants. Craignant pour son petit, la mère chargea, puis repartit de nouveau en forêt. Un éléphant s'approcha alors du bébé rhinocéros, le huma avec sa trompe, s'agenouilla et glissa ses défenses sous le bébé pour tenter de le soulever. La mère fit aussitôt irruption du couvert des arbres et chargea de nouveau. L'éléphant s'éloigna et le manège se poursuivit durant plusieurs heures. Chaque fois que la mère regagnait la forêt, l'éléphant revenait tenter d'arracher le petit à la boue ; chaque fois il devait renoncer à son action charitable, la mère rhinocéros le chargeant derechef, croyant protéger ainsi son bébé. Découragés, les éléphants finirent par s'éloigner. Le lendemain matin, les observateurs de la scène voulurent dégager le jeune rhinocéros mais celui-ci parvint à s'extraire seul de la boue qui, entre-temps, avait séché…

Face à de tels comportements coopératifs, on peut s'interroger sur l'avantage sélectif qu'ils offrent à l'espèce. Comme nous l'avons déjà souligné, en quoi peuvent-ils, en bonne logique darwinienne, avantager leur auteur puisqu'ils ne font que favoriser les autres ? Or, si l'on en croit les darwiniens de stricte observance, seuls sont sélectionnés les comportements favorables à l'individu et, par extension, à l'espèce à laquelle il appartient. Ici, c'est la Vie en tant que telle qui en bénéficie. Darwin ou plutôt ses zélateurs inconditionnels ont peut-être vu trop court…

Mais il est impossible de généraliser de tels comportements compassionnels entre individus d'espèces différentes. Ainsi les relations entre rhinocéros et éléphants ne sont pas toujours aussi amènes. Dans le parc national d'Aberdare, au Kenya, les éléphants chassèrent un jour un rhinocéros de leur point d'eau. Puis une mère rhinocéros arriva avec son petit, lequel se prit d'amitié pour un éléphanteau et se mit à jouer avec lui. Mais la mère éléphant intervint brutalement et éloigna le bébé rhinocéros en faisant mine de l'empaler avec ses défenses. La mère rhinocéros la chargea, puis s'esquiva avec son petit. Mais elle commit l'imprudence de revenir vers le point d'eau : alors l'éléphante en colère la chargea, la projeta à distance, s'agenouilla contre elle et, enfonçant ses défenses dans son corps, la blessa mortellement.

Les éléphants ont inventé un mode de vie susceptible d'éviter à leurs enfants le spectacle de l'agressivité. Ils vivent en troupeaux maternels au sein desquels se manifeste une étonnante coopération. Les mères mais aussi les tantes jouent un rôle important dans l'élevage et la protection des petits. L'éléphante la plus âgée a acquis une bonne connaissance du territoire et conduit le groupe dans ses déplacements. Les mâles, solitaires, vivent à la périphérie de la troupe et la protègent à distance. Les éléphanteaux, vivant avec les femelles, sont ainsi protégés de l'agressivité des mâles. Les affrontements et combats de ces derniers se produisent à l'écart et l'organisation du groupe évite aux éléphanteaux d'y être mêlés comme d'y assister. La règle chez les éléphants : « Pas de scènes de violence en présence des enfants ! »

Les scènes compassionnelles sont en revanche fréquentes chez les éléphants. On a observé en Afrique un troupeau qui se déplaçait lentement, l'un de ses membres boitant par suite d'une fracture de la patte. Un gardien de réserve découvrit un jour au Kenya une femelle éléphant qui transportait son éléphanteau mort depuis plusieurs jours ; elle le déposait sur le sol pour boire ou manger ; sa progression se trouvait ralentie par le poids du petit animal défunt, mais le reste du troupeau l'attendait.

Les pleurs, les chagrins, peut-être même l'angoisse face à la mort font partie de la légende des éléphants. On raconte qu'un jour une vieille éléphante s'écroula ; ses consœurs l'entourèrent aussitôt et tentèrent de la remettre sur pattes. Un mâle participa même aux secours. Mais la femelle mourut. Les membres du troupeau restèrent longtemps autour du cadavre, le caressant de leur trompe ; un éléphanteau tenta même de la téter, et un jeune mâle de la monter. Le troupeau finit par s'éloigner, mais une femelle et son éléphanteau restèrent encore à côté de la morte, la touchant de la patte à maintes reprises. Les autres les hélant, ils finirent par les rejoindre.

Près d'un éléphant défunt, les membres du groupe tournent le dos et regardent à l'extérieur comme si le spectacle de la mort leur était douloureux. Une attitude rituelle dont il est difficile d'appréhender le sens exact. Étrange aussi, l'intérêt que portent les éléphants aux ossements, mais exclusivement à ceux de leur espèce. Ils les examinent, les reniflent, les retournent avec leur trompe. Crânes et défenses font l'objet d'une attention particulière et d'une palpation minutieuse. La signification exacte de ces comportements nous échappe aussi.

Cynthia Moss, grande spécialiste des éléphants, avait rapporté dans son camp la mâchoire d'une femelle. Quelques semaines plus tard, la famille dudit animal s'approcha du camp, prit la mâchoire, l'examina attentivement, puis s'éloigna. Mais l'éléphanteau orphelin, âgé de sept ans, resta auprès de la mâchoire, la retournant du bout de sa trompe et de ses pieds. Retrouvait-il là le souvenir de sa mère ? Se rappelait-il les contours de sa tête ? Éprouvait-il de la nostalgie ? Quels sentiments l'animaient alors ? Nul ne sait.

Intrigué par l'« expression des émotions », Darwin aboutit à la conclusion que les animaux ne pleurent pas. Il considéra donc les pleurs comme une expression particulière à l'homme. Il fit cependant une exception pour l'éléphant d'Asie : un de ses collègues avait observé à Ceylan des éléphants récemment capturés, entravés, dont les yeux étaient baignés de larmes ; ils avaient été séparés de leurs familles.

Ces observations ont néanmoins été contestées. Pour certains, les éléphants ne pleureraient que lorsqu'ils sont blessés. Victor Hugo a écrit dans son Journal en date du 2 janvier 1871 : « On a abattu l'éléphant du Jardin des Plantes ; il a pleuré. » C'est par allusion à cette légende tenace que Jeffrey Moussaïef Masson et Suzan McCarthy ont intitulé leur livre consacré à la vie émotionnelle des animaux[1] .

1. Jeffrey Moussaïef-Masson et Suzan McCarthy, *Quand les éléphants pleurent ; la vie émotionnelle des animaux*, Albin Michel, 1997.

Cette vision idyllique des éléphants se dissipe lorsqu'on observe chez eux des comportements que nous connaissons bien : la jalousie, par exemple. Dans une réserve de Suède, un éléphanteau recevait les témoignages d'affection d'une femelle âgée. L'arrivée d'un éléphanteau plus jeune et plus petit détourna l'attention de celle-ci ; l'éléphanteau délaissé se mit aussitôt à attaquer son concurrent chaque fois que l'occasion s'en présentait.

Solidarité et compassion, mais aussi jalousie et colère ponctuent la vie émotionnelle des éléphants. Pourtant bien disposée à leur égard, Jeffrey Moussaïef Masson a failli faire les frais d'un tel courroux : elle fut chargée par un éléphant furieux auquel elle n'échappa que par une fuite éperdue jusqu'à une cachette propice. Il n'en reste pas moins que dans les sociétés matriarcales, comme chez les éléphants ou les baleines, l'agressivité est moins manifeste et la vie en commun plus paisible. Ce qui semble également vrai des sociétés de mammifères où les pères s'occupent des petits : 10 % des espèces de mammifères manifestent un tel comportement, très net par exemple chez le singe ouistiti qui rivalise avec le cheval pour le titre envié de « meilleur ami de l'homme ».

La mort d'un compagnon suscite souvent chez les animaux un réel chagrin qui peut aller jusqu'à la dépression. Jane Goodall, spécialiste des chimpanzés, décrit l'abattement de Flint, un animal de huit ans vivant encore en compagnie de sa mère, à la mort de celle-ci. Plusieurs jours durant il alla s'asseoir à côté du cadavre, négligeant ses compagnons, puis sombra dans une profonde dépression. Trois semaines après la disparition de sa mère, Flint retourna là où elle était morte et s'allongea, prostré, sur le sol. Selon Jane Goodall, il mourut peu après de chagrin.

L'affection de l'ânesse Julie pour son compagnon, le poney Léonardo, se manifesta de la même manière à la mort de ce dernier, mais connut une issue moins tragique. Elle cessa de s'alimenter et sombra dans la dépression. On lui donna alors pour compagnon un nouveau poney, et l'appétit de vivre de Julie réapparut. Comme dans les contes de fées, les deux amis vécurent de nombreuses années côte à côte : Julie avait « refait sa vie ».

On a beaucoup débattu de l'altruisme des dauphins. Si l'un des leurs est en difficulté, dauphins et baleines le soutiennent et le remontent à la surface. Lorsqu'elle accouche, une mère dauphin est aussi assistée par des sages-femmes dauphins qui l'entourent et l'assistent. Les comportements ludiques des dauphins à notre égard ont créé entre eux et nous une étonnante familiarité : même lorsqu'ils vivent en pleine mer, il leur arrive de jouer avec nous.

Les dauphins sont apparus il y a quinze millions d'années. Animaux à sang chaud, ils peuvent conquérir des milieux extrêmes. Ils sont aussi pourvus d'un gros cerveau grâce auquel ils réussissent à évaluer les situations : ils parviennent à la fois à s'adapter de manière individuelle, mais aussi à répondre aux situations auxquelles ils sont confrontés de façon collective, en société, en utilisant une forme de langage. Le dauphin *Tursiops* perçoit les sons que nous entendons, mais aussi les ultrasons. Il voit en quelque sorte avec ses oreilles grâce à son prodigieux sonar biologique. Les sons et ultrasons qui peuvent former de véritables « phrases » véhiculent des informations, comme un langage. Mais si nous rêvons de dialoguer avec les cétacés, il faut savoir qu'ils n'ont pas un seul langage, mais autant de langages que d'espèces, soit environ soixante-dix, et peut-être même des dialectes locaux, des patois.

Ainsi équipés, les dauphins sont naturellement capables de remarquables performances. Leurs capacités de sauveteurs sont bien connues. En 1983, des dauphins nageaient à proximité d'une équipe qui tentait de secourir quatre-vingts baleines échouées sur une plage de Nouvelle-Zélande. Les sauveteurs avaient réussi à remettre à flot la plupart des baleines, mais celles-ci, désorientées, étant incapables de gagner le large, les dauphins les y guidèrent jusqu'à ce qu'elles se fussent suffisamment éloignées des côtes.

En 1996, en mer Rouge, un plongeur fut attaqué par un requin. Des dauphins formèrent autour de lui un cercle protecteur tandis que d'autres poursuivaient le squale. Le malheureux plongeur s'en sortir sain et sauf. Des cas de ce genre, rapportés par des témoins dignes de foi, sont légion.

Dans tous les cas, ces animaux très évolués font preuve d'altruisme et de compassion, sentiments jadis prêtés aux seuls humains. Pourtant, tout n'est pas si simple chez les dauphins. Ils constituent des sociétés complexes, variables selon les espèces auxquelles ils appartiennent, très différentes de l'image que nous nous faisons d'eux. Les mâles forment des duos ou des trios qui réunissent ensuite un groupe de femelles gardées sous leur contrôle pendant un mois. Mais ils volent aussi les femelles appartenant à d'autres trios. Les couples sont très instables, et l'homosexualité fréquente. Leurs vocalisations semblent indiquer que les médisances vont bon train au sein du groupe. Pas de tout repos, la société des dauphins !

Pourtant, se porter mutuellement secours semble une attitude courante chez les cétacés. Des observations ont été faites sur des baleines bélougas, dans une baie de l'Arctique où trois d'entre elles s'étaient retrouvées prisonnières de la plage, la mer s'étant retirée : un banc de galets leur barrait l'accès à l'eau. Les malheureux animaux poussèrent alors des cris stridents auxquels leurs congénères, de l'autre côté du banc de galets, répondirent. Mais ceux-ci ne pouvaient porter secours aux infortunées prises au piège. Les observateurs présents arrosèrent alors copieusement les bélougas prisonnières jusqu'à ce que le retour de la marée haute leur permît de rejoindre la haute mer. Les baleines amies avaient manifesté le désir de leur porter secours, mais s'étaient trouvées dans l'impossibilité de le faire.

On note à cet égard de fortes ressemblances entre baleines et éléphants. Ces animaux vivent dans des sociétés égalitaires où les femelles jouent un rôle déterminant. Dans les deux cas, des appels particuliers leur permettent de communiquer entre eux sur de très longues distances. Dans les deux cas aussi, la prééminence des femelles réduit le niveau global de l'agressivité.

Les récits rapportés ici ne sont, dira-t-on, que des cas particuliers qui ne permettent pas de fonder des lois générales sur la solidarité, la coopération ou la compassion que ces animaux se portent. N'empêche, les faits sont là : l'agressivité réciproque n'est pas la seule loi de la nature, une loi d'airain qui ne souffrirait aucune dérogation. Partout, dans les deux règnes, végétaux et animaux tissent ensemble des liens étroits fondés sur l'entraide. Les humains en font naturellement autant, bien qu'ils aient une fâcheuse propension à privilégier la mise en scène de leur agressivité, si présente et menaçante dans notre espèce.

Le contrat avec les animaux

Pendant des millénaires, l'homme et le loup chassèrent les mêmes proies : des herbivores ; ils se disputèrent la même nourriture, le même gibier. Leurs liens de cohabitation sont attestés par la présence d'ossements de loups dans des sites d'occupation humaine très anciens. Une cohabitation qui n'allait sans doute pas sans aléas, car si, dans certains cas, des loups ont attaqué des humains, ceux-ci le leur ont bien rendu en les chassant pour se vêtir de leur fourrure.

Mais, au fil des millénaires, l'alliance de l'homme et de la bête se renforce et aboutit à la toute première domestication, celle du chien, qui se produit aux alentours de 12 000 ans avant J.-C., dans les régions arctiques. La proximité de l'homme et de la bête grandissant au fil du temps, les loups, attirés par les déchets alimentaires des humains, mais aussi sans doute par leur odeur, et peut-être par leurs caresses, ont appris à se laisser faire docilement. Les louveteaux orphelins étaient confiés aux femmes qui les biberonnaient, tandis que l'empreinte humaine modifiait le comportement de l'animal, l'apport de nourriture et le contact physique entraînant un attachement réciproque.

Par sélection, les hommes ont gardé auprès d'eux les animaux les plus dociles ; au fil des générations, le loup s'est ainsi transformé en chien. L'animal domestiqué accompagne dès lors son compagnon à la chasse, où il se montre un collaborateur irremplaçable grâce à une acuité olfactive sans commune mesure avec la nôtre, qui lui permet de déceler la présence de gibier à longue distance. Puis le chien s'est approprié le projet humain en s'engageant dans la protection et la garde des troupeaux… contre les loups !

Au gré des sélections, le chien se transforme. Tout à la joie de partager l'existence des hommes, ses compagnons, il développe un comportement juvénile et reste une sorte d'éternel adolescent se comportant comme un loup immature. Il suffit de le voir ramper, gémir, aboyer, jouer, tous comportements qui disparaissent chez les louveteaux au fur et à mesure qu'ils grandissent. En fait, la domestication a infantilisé le chien : tel est le prix – somme toute agréable pour son maître – de son humanisation. En revanche, elle lui permet de développer des apprentissages dont ses congénères sauvages seraient bien en peine de se prévaloir. D'où des performances intellectuelles bien supérieures à celles de son ancêtre le loup, mises en œuvre dans de multiples situations où le chien aide ses compagnons humains, son maître en particulier, en lui offrant une vaste gamme de services.

Après des millénaires de domestication et de sélections, on dénombre aujourd'hui près de quatre cents races de chiens, chacune ayant ses caractères propres et son aptitude à des performances spécifiques. Le chien est soumis à son maître qu'il aime tout comme le louveteau aime et respecte le loup dominant la meute. Entre eux une étroite coopération s'installe, qui n'exclut ni le jeu, ni le service rendu. La littérature abonde en surprenants récits témoignant de la fidélité indéfectible du chien à son maître. On cite le cas d'un labrador qui se mettait parfois à japper lorsque le téléphone sonnait, et ce bien avant que sa maîtresse n'ait eu le temps de décrocher. Chaque fois que cela se produisait, elle put se rendre compte que c'était son fils qui l'appelait : le chien n'aboyait que pour lui, jamais quand il s'agissait de quelqu'un d'autre au bout du fil.

Ce rapprochement opéré depuis le néolithique semble suggérer un étrange destin. En fréquentant l'homme sur des millénaires, l'animal sauvage serait-il appelé au fil du temps et jusqu'au futur le plus éloigné à se rapprocher de nous jusqu'à ce que s'effectue un partage des qualités propres à l'un et à l'autre ? Dans ce vaste mouvement qui va de l'animal sauvage au compagnon familier, faut-il déceler une orientation spécifique de l'évolution dès lors que l'homme s'en mêle ? Va-t-il prendre en charge l'avenir d'autres espèces qui l'accompagnent désormais dans son périple ?

On n'en finirait pas de dresser la longue liste des animaux déjà domestiqués, connus ou moins connus : buffles, ânes, chevaux, mais aussi chameaux, lamas, élans, yaks, etc. On imagine mal ce que serait la vie humaine sans ces compagnonnages propres à chaque civilisation. La Bible évoque une Création inachevée, confiée à l'homme pour qu'il la mène à son aboutissement. Et si c'était précisément de cela qu'il s'agissait ? Depuis le néolithique, de nombreuses espèces se sont rapprochées de nous, tandis que nous nous rapprochions d'elles. Nous avons appris à partager leurs capacités pour pouvoir bénéficier de leurs performances. De leur côté, elles ont aussi beaucoup appris ou acquis de nous. Et pas seulement les bêtes sauvages : des herbes sauvages dûment sélectionnées ont fait de nos jardins les lieux par excellence de notre alliance avec une nature humanisée par des millénaires de fréquentation mutuelle et de sélection. Pressée par l'homme et ses ingénieuses techniques, la nature s'est peu à peu jardinée, exposant dans nos enclos ses plus somptueuses créations.

Jamais l'intérêt pour les plantes et le monde animal n'a été aussi grand que chez nos contemporains, illustré par le mémorable combat de Théodore Monod pour le respect de la vie et contre la souffrance animale – un combat aujourd'hui relayé par Hubert Reeves. On peut imaginer que ce mouvement se poursuivra et se renforcera et que de plus en plus nombreuses seront les bêtes à entrer dans la familiarité des hommes. Sauvage, la nature, certes, mais peut-être prédestinée à des alliances et à des symbioses qu'aujourd'hui nous ne pouvons même pas encore imaginer.

Mais de telles supputations ne devraient nullement inciter à relâcher les efforts pour défendre et protéger la faune et la flore sauvages, tâche à laquelle l'humanité n'a commencé à s'employer que depuis un siècle et demi. Les liens d'alliance entre l'homme et la nature se sont en effet renforcés à partir du XIXe siècle lorsque naquit le concept de « protection ou de conservation de la nature ». Effrayé par les dégâts causés par l'essor de son industrieuse activité, l'homme se mit en devoir de protéger espaces et espèces sauvages. Ainsi furent créées, dès 1853, quelques réserves boisées dans la forêt de Fontainebleau. Onze ans plus tard, en 1864, John Muir fit placer sous protection une forêt de séquoias géants plurimillénaires de Californie récemment découverte et qui allait devenir le parc national de Yosemite. Puis, en 1872, fut créé le parc national de Yellowstone, au Wyoming. Depuis lors, le mouvement en faveur de la préservation de la nature n'a cessé de prendre de l'ampleur. Pourtant, malgré l'énormité des efforts déployés de par le monde, l'état de la nature continue à se dégrader.

Ce souci témoigne néanmoins d'une alliance profonde et tenace de l'homme et de la nature, qu'atteste par exemple l'extraordinaire obstination d'ornithologues néo-zélandais à sauver une espèce d'oiseau à laquelle ils sont particulièrement attachés. L'histoire est saisissante. Cet oiseau, c'est le kakapo, le plus gros perroquet du monde. Or, depuis plus d'un siècle, scientifiques et autodidactes de tous pays ont conjugué leurs efforts pour le sauver. Étrange créature, en vérité, que ce volatile qui émet une forte odeur fruitée et musquée, caractéristique qui lui vaut d'endurer bien des malheurs de la part de ses prédateurs attirés par ces émanations. Jusqu'au milieu du XIXe siècle, des milliers de kakapos occupaient la Nouvelle-Zélande ; l'oiseau ne se connaissait qu'un seul prédateur : un aigle de grande taille, endémique comme lui du monde insulaire austral, si bien que les deux oiseaux y vivaient en équilibre. Mais, à l'arrivée des Polynésiens, son destin allait complètement basculer. Ils s'en prirent à ses plumes et à sa chair. Les nouveaux arrivants étaient escortés de surcroît du chien et du kiore, un petit rongeur, auxquels s'ajoutèrent, à l'arrivée des Européens, le rat, la belette, le furet et surtout le chat et le putois. Cette faune importée envahit la Nouvelle-Zélande à une vitesse extraordinaire. Tous ces animaux chassant à l'odorat, le kakapo devenait pour eux une cible privilégiée.

Face à l'adversité qui fondait sur le perroquet géant, d'autant plus fragile qu'il est incapable de voler, une mobilisation générale fut décrétée, sans doute la plus ancienne et la plus persévérante action de préservation de toutes les espèces menacées à ce jour protégées de par le monde. Richard Henry, pionnier de la conservation, consacra dès 1894 quinze ans de sa vie à la protection de l'animal. Il déplaça trois cents kakapos sur l'île sanctuaire de Résolution où les prédateurs européens ne s'étaient pas encore installés. Mais le putois est fin nageur : il gagna l'île et y extermina tous les oiseaux.

À la fin du XXe siècle, la situation n'a cessé de se dégrader. En 1977, on comptait encore cent soixante-sept kakapos, mais soixante-dix-sept seulement en 1982, et cinquante-six en 1991. En 1990, paraît dans le *New Scientist* un article intitulé « Derniers jours pour le vieil oiseau de nuit ». Cet article stimule le zèle de Don Merton et de son équipe de naturalistes, si bien qu'après douze ans d'efforts, en 2002, Stéphanie Pain peut publier dans la même revue un nouvel article intitulé *« No dodo »*, par allusion au dodo, gros oiseau incapable de voler, exterminé et disparu de l'île Maurice dès le XVIIe siècle.

Le kakapo sera donc sauvé, mais il y aura fallu toute une série d'épisodes rocambolesques. En 1977, dans l'île Stewart, la plus méridionale de l'archipel néo-zélandais, Merton et son équipe découvrent une colonie de deux cents individus que les chats sont en train de massacrer. Entre 1982 et 1995, tous les survivants sont transportés dans des îles refuges où on est censé ne trouver aucun mammifère prédateur. Malheureusement, le kiore est là qui mange les œufs et les poussins du perroquet nocturne. S'engage alors une lutte sans merci contre ce terrible rongeur. En 1999, on redéménage tous les kakapos survivants sur deux îles d'où le kiore a été éradiqué. Là, les oiseaux vont pouvoir se reproduire. Mais cette reproduction est des plus difficiles du fait de certains particularismes de l'espèce.

Pour attirer et courtiser les femelles, les kakapos mâles construisent des « arènes de parades » où ils viennent durant la nuit produire un répertoire de chants d'une grande originalité : étranges bruits métalliques suivis de grognements, puis de grondements qui peuvent s'entendre à des kilomètres à la ronde. C'est la condition indispensable pour que les femelles les rejoignent et se reproduisent avec eux.

Seconde particularité : la relation entre l'abondance de la nourriture et l'activité sexuelle. Les kakapos attendent la fructification d'un arbre, un conifère endémique, le *Rimu*, et la chute de ses fruits pour s'en nourrir et alors seulement s'accoupler afin d'assurer leur descendance. Pas question d'apporter aux oiseaux un supplément de nourriture : ceux-ci s'en tiennent strictement à la fructification de leur arbre préféré.

Sur l'île de Codfish, l'équipe des sauveteurs attend donc la chute des cônes du *Rimu*. Mais les prédateurs menacent à nouveau et un nouveau transport s'impose : on déplace vingt femelles en âge de se reproduire ; chaque nid est surveillé vingt-quatre heures sur vingt-quatre. En décembre 2001, les mâles poussent enfin leur cri de corne de brume, et les premières reproductions commencent pour Noël. Chacune des vingt femelles pond ; sur vingt-six poussins, vingt-quatre survivront, faisant désormais monter à quatre-vingt-six la population dénombrée. Les kakapos n'ont jamais été aussi nombreux depuis vingt ans !

Mais la vigilance s'impose et les membres du « Kakapo Recovery Program » ont jeté leur dévolu sur une autre île, Campbell, située à cinq cents kilomètres au sud de l'archipel. Le dernier rat y a été tué en 2003 et aucun mammifère n'y a encore mis le pied. Serait-ce le paradis retrouvé pour le kakapo ?

Grand perroquet de soixante-cinq centimètres, pesant jusqu'à quatre kilos, le kakapo est le symbole de ces animaux qui ne résistent pas aux incursions de l'homme et des multiples prédateurs qu'il entraîne dans son sillage. Ils étaient donc condamnés à mort, comme les drontes et les dodos, animaux sans défense des îles Mascareignes que les navigateurs du XVIIe siècle prenaient plaisir à abattre.

Que de chemin parcouru depuis lors ! Les exterminateurs ont laissé place aux protecteurs, et les relations conflictuelles aux relations compassionnelles. Mais en quoi s'agit-il là d'une symbiose ? On voit bien ce que l'oiseau a à gagner de ses bonnes relations avec ses protecteurs. Mais ceux-ci, quel bénéfice retirent-ils de leurs efforts ?

Avec la protection de la nature, nous sommes entrés dans l'univers des services mutuels gratuits, de l'altruisme et de la compassion. L'homme a pris enfin conscience de son rôle de gardien de la Création. Le kakapo est le grand frère de ces oiseaux mazoutés que des centaines de jeunes traitent avec zèle après chaque « marée noire » pour les sauver. Un ornithologue américain du début du XIXe siècle, MacMillan, fit œuvre de visionnaire lorsqu'il écrivit vouloir protéger les condors sur lesquels les cow-boys tiraient comme sur tout ce qui bouge : « Il faut sauver les condors non pas seulement parce que nous avons besoin des condors, mais parce que nous avons besoin de développer les qualités humaines nécessaires pour les sauver ; car ce sont ces qualités-là dont nous aurons besoin pour nous sauver nous-mêmes. »

LIVRE 3

Les sociétés humaines

La force de la solidarité

Où le libéralisme lit Darwin à sa manière

Dans *La Loi de la jungle* [1], nous avons mis en évidence les stratégies multiples par lesquelles l'agressivité se déploie dans la nature, non sans avoir insisté cependant sur les mécanismes évolutifs qui tendent à en limiter les effets. C'est pourtant cette image implacable de la nature qu'ont retenue les philosophes du XIXe siècle, tous influencés par l'œuvre de Charles Darwin attribuant les progrès de l'évolution à la sélection naturelle qui favorise à tout moment les plus aptes au détriment des autres.

Le système capitaliste avait besoin d'une théorie du progrès, ainsi que d'une justification naturaliste de l'individualisme et du triomphe des meilleurs. Le darwinisme est alors utilisé par tous ceux qui, en Europe puis aux États-Unis, ne retiennent de lui, pour fonder ou défendre leurs droits socio-économiques, que la priorité absolue accordée à la survie et à la dominance des plus aptes, avec élimination corrélative des plus faibles – promptement confondus, dans la ligne de pensée de Max Weber, protestant puritain, avec les moins méritants.

C'est à travers cette grille de lecture que le monde entier a reçu le darwinisme. On isole les thèmes de la

1. Jean-Marie Pelt et Franck Steffan, *La Loi de la jungle, op. cit.*

compétition, de la concurrence vitale, de la lutte pour la vie, de la transmission cumulative des avantages, de l'élimination des moins aptes, et on applique le tout aux sociétés humaines ! Se laissant prendre à cette vision darwinienne de la nature transposée à la société, Marx, dans une correspondance avec Engels, insiste sur la forte impression que lui ont faite la lecture de Darwin et son appréhension malthusienne de la lutte pour la vie. D'où sa justification de la lutte des prolétaires, certes les plus pauvres, mais aussi les plus nombreux [1].

Or Darwin n'est pas ici directement en cause, car il s'est toujours gardé d'extrapoler ses thèses biologiques au monde social. Les multiples symbioses qui relèvent du fonctionnement de la nature ne lui ont d'ailleurs pas échappé. Les chapitres 3 et 4 d'une de ses œuvres maîtresses, *La Descendance de l'homme*, sont consacrés à l'étude comparative du sens moral chez l'homme et chez les animaux. On y trouve de multiples observations sur la solidarité qui règne entre les membres d'un couple en vue de leur défense commune. L'altruisme dans le monde animal, l'étonnant attachement que l'homme porte aux animaux domestiques et, inversement, les « qualités morales » déjà décelables chez les chiens ou les singes domestiqués, par exemple, sont interprétés par Darwin comme des tendances comportementales marquant les étapes successives de la montée vers la moralité que développera l'homme social. Car, pour lui, la moralité des sentiments et des actes est une tendance évolutive aisément décelable dès lors qu'un groupe d'individus parvient à un certain degré de développement psychique. Ce même mouvement, il le voit se poursuivre au sein de l'humanité, car, pour lui, la morale est un fait d'évolu-

1. *Cf.* Jean-Marie Pelt, *L'Homme renaturé*, Seuil, 1977, rééd. 1991.

tion, déterminé lui aussi par la sélection naturelle. À ses yeux, l'évolution intellectuelle tend à s'accompagner d'une atténuation des instincts agressifs alors même que se développe une catégorie particulière d'instincts qu'il qualifie d'« instincts sociaux ». Ces derniers sont spécialement sélectionnés au sein de l'humanité et produisent, dans l'état de civilisation, l'épanouissement de sentiments, d'actes, d'institutions et de conduites dont les effets contrebattent les conséquences ordinaires de la cruelle sélection naturelle : on n'élimine plus les faibles, c'est-à-dire les individus que leurs conditions physiologiques, psychiques ou sociales auraient condamnés à mort, mais, dorénavant, on les protège, on les soigne et on les défend.

Pourtant, rien de tout cela, qui figure pourtant explicitement dans l'œuvre de Darwin, n'a été retenu par ses critiques ou ses zélateurs. Son œuvre a été passée au crible de la pensée d'un Thomas Huxley qui n'y a vu que l'universelle et implacable lutte pour la vie, immédiatement applicable au fonctionnement des sociétés humaines.

Certes, une telle manière de voir n'est pas totalement étrangère à la pensée darwinienne et s'y exprime également. Profondément inspiré par le fameux « Malheur aux pauvres ! » de Malthus, Darwin écrit : « La lutte pour l'existence est la conséquence inévitable du taux élevé suivant lequel tous les êtres organisés tendent à s'accroître. Chaque être produisant au cours de sa vie plusieurs œufs ou graines doit à une certaine période de son existence être soumis à la destruction, car autrement, vu la raison géométrique suivant laquelle a lieu sa multiplication, il finirait par pulluler et atteindre promptement à des chiffres auxquels aucun pays ne saurait suffire. Il faut que dans tous les cas il y ait lutte soit entre individus de même espèce, soit entre individus d'espèces distinctes, soit enfin avec les conditions extérieures.

C'est la doctrine de Malthus appliquée au règne animal et végétal agissant avec toute sa puissance. »

En fait, la pensée de Darwin est composite ; elle n'a cessé d'évoluer au long de son existence. Mais ses successeurs, biologistes ou philosophes, n'ont voulu retenir que ce qu'exprime de manière éminemment synthétique ce court passage dans lequel Darwin se réfère à Malthus, et qui fonde en quelque sorte le darwinisme social. Thomas Henry Huxley, « le bouledogue de Darwin », en fit le panégyrique dans une conférence donnée à Oxford le 18 mai 1896. Pour lui, le monde animal est un « spectacle de gladiateurs », la nature est tout entière « égoïste », fondamentalement amorale, et c'est cette vision-là qui a marqué dès ses origines la théorie libérale fondée sur la concurrence…

« Que le meilleur gagne ! » Le meilleur, il est vrai, était considéré par Max Weber comme le plus méritant, et, pour cela même, béni des dieux et comblé de leurs bienfaits…

Si l'ensemble du monde occidental a lu dans cet esprit le darwinisme et y a trouvé matière à fonder l'égoïsme véhiculé par le libéralisme, il n'en est pas allé de même pour la Russie où c'est une tout autre vision de la nature qui a prévalu. Plusieurs auteurs russes – notamment l'anarchiste Kropotkine[1], géographe, géologue et naturaliste – ont consacré d'importants travaux aux mécanismes d'entraide à l'œuvre dans la nature. Il réagit brutalement à la lecture de Huxley, et sa réaction prit la forme d'une longue série d'articles publiés dans la revue *Nineteenth Century* : « Ce qu'ils ont fait de Darwin, écrit-il, est abominable […]. Ils ont réduit le concept de lutte pour l'exis-

1. Piotr Alekseïevitch Kropotkine, *Mutual Aid : A Factor of Evolution*, Heinemann, Londres, 1902 ; traduction française : *L'Entraide, un facteur de l'évolution*, Paris, Hachette, 1904.

tence à sa signification la plus étroite ; ils ont conçu le monde animal comme un monde de lutte perpétuelle entre individus affamés et assoiffés de sang ; ils ont fait retentir dans la littérature moderne le cri de guerre "Malheur aux vaincus !", comme s'il s'agissait du dernier cri de la biologie ; ils ont élevé la lutte sans pitié pour l'avantage personnel au rang de principe biologique auquel l'homme même doit se soumettre sous peine de succomber dans un monde fondé sur l'extermination réciproque. Ils ont proclamé "anéanti" quiconque est plus faible que toi : c'est ce que veut la loi de la nature. Mais cela n'est absolument pas une loi de la nature ; c'est le tribut payé par les scientifiques darwiniens à leur éducation bourgeoise ! »

Selon Kropotkine, Spencer et Huxley se sont complètement mépris sur le concept darwinien et, de surcroît, y ont accolé arbitrairement la notion de « lutte entre membres d'une même espèce ». Ils n'ont vu dans la nature qu'une lutte livrée avec bec et griffes, négligeant l'aide réciproque. Celle-ci « n'est pas seulement l'arme la plus puissante dans la lutte pour l'existence contre les forces hostiles, la nature et les espèces ennemies, mais aussi le facteur le plus important du développement progressif ».

Pour Kropotkine, les mieux adaptés ne sont pas les plus agressifs, mais les plus solidaires. Et même, « dans la grande lutte pour la vie, pour la plénitude maximale et l'intensité de la vie avec la plus petite perte d'énergie possible, la sélection naturelle cherche toujours le moyen d'éviter autant qu'elle le peut la compétition ». À ses yeux, « à la longue, la pratique de la solidarité se révèle bien plus avantageuse pour l'espèce que le développement des individus doués de l'instinct de saccage. Les plus rusés et les plus méchants sont éliminés en faveur de ceux qui comprennent les avantages de la vie sociale et du soutien mutuel». Dans la lutte pour la vie, la meilleure des armes consiste dans la solidarité et l'association.

À ce stade de notre histoire où l'effondrement du communisme a laissé la voie libre au libéralisme, idéologie désormais hyperdominante sur la planète entière, une œuvre comme celle de Kropotkine, trop peu connue, viendrait utilement mitiger la doctrine des ultralibéraux, voire même celle de certaines formes de socialisme devenues elles aussi on ne peut plus édulcorées.

Tel est aussi l'avis du biologiste et biosociologue japonais Kinji Imanishi [1] qui conteste vigoureusement les thèses des néodarwiniens privilégiant le concept de lutte pour la vie au détriment de la solidarité et du mutualisme. Clairement, pour lui, la coopération l'emporte sur la compétition. Son œuvre attire l'attention sur l'Orient, fidèle à son fonds religieux qui prône la bienveillance, l'organisation coordonnée, la solidarité. L'Occident, au contraire, en complète contradiction avec son fonds culturel, le christianisme, privilégie systématiquement l'individualisme, le goût de la lutte et de la compétition, des concepts qui sont au cœur de la mondialisation.

Il est en tout cas aujourd'hui avéré que la nature n'est en aucune manière celle qu'ont décrite les émules trop zélés de Darwin. En témoignent les exemples choisis et développés dans cet ouvrage, qui n'ont qu'une valeur indicative tant ils sont incomplets. Car les formes d'association, d'entraide et d'altruisme sont innombrables, comme le montre fort bien Kropotkine à propos du monde animal qu'il connaît bien en tant que naturaliste et qu'il a longuement étudié en Sibérie. Il n'est donc plus possible, sous peine d'imposture, d'invoquer l'œuvre de

1. Pierre Thuillier, *Les Passions du savoir. Essai sur les dimensions culturelles de la science*, Fayard, 1988.

Darwin à la rescousse des idées libérales pures et dures, le libéralisme ne trouvant un début de justification que s'il est fortement tempéré par la mise en œuvre de politiques sociales de nature à mettre l'économie au service des hommes, et non l'inverse. Telle est d'ailleurs, depuis plus d'un siècle, la doctrine constante de l'Église catholique qui renvoie dos à dos marxisme et capitalisme, et plaide pour des économies plus respectueuses de la dignité des personnes.

Après l'écroulement du mur de Berlin, le triomphe du libéralisme s'est exprimé par l'émergence de concepts comme dérégulation, déréglementation, etc. Chacun est de plus en plus libre de faire n'importe quoi, les marchés ayant toujours le dernier mot. Telle est la loi de la jungle, précisément. Or, qui ne voit que le libéralisme ne saura trouver de justification recevable que s'il est fermement encadré par des règles précises prenant en compte, dans la marche des entreprises, les préoccupations sociales, sanitaires, environnementales, et laissant du coup toute leur place à l'économie solidaire et au développement durable.

Du libéralisme au mutualisme

Depuis des décennies, deux thèmes récurrents dominent le débat politique : la croissance et l'emploi. Hormis ce qui relève de la sphère privée – santé, vie affective, vie spirituelle –, l'emploi reste la première préoccupation de nos contemporains et est censé être aussi celle de nos politiques, comme l'attestent tous les sondages. Le raisonnement est simple : une forte croissance génère des emplois, donc du travail et du pain pour tous. En fait, il s'agit là d'une tautologie : la croissance exprimant l'évolution positive de la production de biens et services, il est évident que plus celle-ci augmente, plus elle implique d'heures ouvrées, donc plus d'emplois. Le volume de l'emploi est bien fonction du niveau de la croissance. Plus forte est celle-ci, plus nombreux les postes à pourvoir. Et plus nombreux les emplois, plus forte la croissance. Les deux propositions sont parfaitement symétriques, comme il en va de toute tautologie. Lancer ou relancer la croissance et créer des emplois : tel est donc l'objectif de tout gouvernement, qu'il soit de droite ou de gauche.

Pourtant, ce raisonnement binaire est trop simpliste. Il ne prend pas en considération un troisième facteur : les gains de productivité liés aux progrès technologiques toujours plus rapides. À quantité de travail égale, la quantité de biens et de services produits s'accroît inexorablement. Il en résulte un décrochement de l'emploi par rapport à la croissance, puisque les mêmes quantités de biens et de services marchands peuvent, grâce aux performances accrues des machines, être obtenus avec moins de travail, donc moins d'emplois. D'où une tendance constante à la réduction du temps de travail ayant pour objectif de maintenir le niveau de l'emploi tout en compensant l'incontestable réalité selon laquelle plus les technologies évoluent, plus les machines remplacent les hommes. On peut certes critiquer l'art et la manière dont le gouvernement de Lionel Jospin a soumis toutes les professions à la règle des « 35 heures », de façon uniforme et sans tenir compte de disparités évidentes selon les secteurs d'activité. Il n'en demeure pas moins qu'une telle décision, jugée par les uns prématurée, par d'autres excessive, s'inscrit dans une tendance lourde qui ne se dément pas depuis plus d'un siècle et demi. Keynes, parfaitement conscient du problème, n'avait-il pas déjà suggéré en plaisantant qu'en réduisant le temps de travail à… 15 heures par semaine, on se donnerait largement le temps de voir venir ?

Pour compenser la destruction des emplois due au progrès, la plupart des responsables se réfèrent encore à la thèse d'Alfred Sauvy sur ce qu'il appelait le « déversement ». Selon cet économiste, les travailleurs privés d'emplois par l'évolution économique et technique retrouvaient toujours du travail dans un autre secteur d'activité en expansion, au prix d'une formation adaptée autorisant leur reconversion professionnelle. Encore fallait-il accepter une certaine mobilité pour retrouver du travail ailleurs.

Aujourd'hui, ce « déversement » ne se fait plus, en tout cas de manière régulière, et les délocalisations consécutives à la mondialisation de l'économie aggravent la situation : l'emploi se déverse sur les pays les plus pauvres, à main-d'œuvre bon marché. Le secteur des services et du tertiaire, censé bénéficier du « déversement », ne parvient plus à accueillir la main-d'œuvre dégagée par l'agriculture et l'industrie. D'où une question incontournable : le système libéral fondé sur l'économie de marché pourra-t-il assurer, à terme, des emplois pour tous et surtout dans les pays les plus évolués où les exigences sur les plans sociaux et environnementaux sont plus élevées qu'ailleurs, créant du même coup des fortes distensions de concurrence ? Comment éviter dans ces pays la montée du chômage aggravée par les délocalisations ? Et comment échapper à un cercle vicieux où la diminution du pouvoir d'achat liée à cette montée du chômage entraîne, en réduisant le niveau moyen de la consommation, un chômage plus grand encore ?

Ce problème est d'autant plus actuel que le système libéral répartit fort mal les richesses créées. Alors que le salaire moyen aux États-Unis a diminué de plus de 20 % en termes réels entre 1975 et 1995, les richesses produites dans ce pays ont augmenté dans le même temps de près des trois quarts ; mais 60 % de ces montants colossaux ont été accaparés par seulement 1 % des Américains ! Il est exclu que ces deux millions et demi d'hyperprivilégiés consomment beaucoup plus qu'ils ne le font aujourd'hui. Le niveau de la consommation, donc de la production et de l'emploi, se trouve ainsi mécaniquement freiné par la très inégale répartition du pouvoir d'achat. Et l'on peut se demander si un mécanisme du même ordre n'est pas en train de se mettre en place en Europe. Il fonctionne déjà à plein en Chine et en Russie où se côtoient des très riches et des très pauvres, conséquence d'une croissance sauvage, socialement non régulée.

La question majeure devient celle-ci : comment distribuer des revenus décents – et pas seulement des aides de misère – à une large fraction de la population inoccupée ou sous-occupée ? Elle est posée avec une grande pertinence par Michel Rocard dans sa remarquable préface au livre de Jeremy Rifkin, *La Fin du travail*[1], alors que de chômeurs en intermittents et de travailleurs à temps partiel en préposés aux petits boulots, c'est près du quart de la population française qui est déjà touchée. Et combien, demain ? Ces questions récurrentes, Keynes se les posait déjà en 1930, tout comme le fit après lui Leontief, prix Nobel d'économie. C'est notre forme actuelle d'organisation sociale, pour ne pas dire le capitalisme lui-même, qui est en crise.

Le capitalisme risque, la mondialisation aidant, de délocaliser massivement, n'offrant d'autres choix aux travailleurs soumis aux 35 heures que de travailler plus sans gagner plus pour tenter de maintenir un certain équilibre avec les pays pauvres où l'on travaille beaucoup et où l'on gagne peu. Un nivellement par le bas qui a fait brusquement irruption dans le débat : garder son emploi ? D'accord… mais à condition de travailler davantage pour un même salaire. Et tant pis pour les 35 heures.

Mais d'autres pistes s'ouvrent à nous : hors de l'économie libérale et des entreprises étatisées, il existe un vaste secteur regroupant des organismes privés – coopératives, mutuelles, associations… – qui proposent aussi sur le marché des biens et des services. C'est l'économie sociale : économie marchande pour ce qui est de la production et de la rémunération, mais pas pour ce qui est de la propriété capitalistique ni du profit des action-

---

1. Jeremy Rifkin, *La Fin du travail*, éd. La Découverte, 1997.

naires et des dirigeants, remplacés par la solidarité entre leurs membres.

Plus largement, l'économie sociale fait partie d'un « tiers secteur » englobant les collectivités territoriales et leurs régies, la sécurité sociale et de nombreux organismes apparentés. Plus largement encore, le vaste monde des associations, fondations et organisations non gouvernementales diverses participe aussi au fonctionnement de l'économie pour une part non négligeable. Le capitalisme n'est donc pas, de loin, *toute* l'économie. Fondé exclusivement sur l'intérêt individuel, il cohabite ou se trouve confronté avec des organismes basés sur le principe de la solidarité collective.

Mais, avec les associations et les ONG, nous ne sommes déjà plus dans le monde de l'économie marchande, mais dans celui du bénévolat, du militantisme, du caritatif, de la solidarité, où beaucoup de nos contemporains trouvent leur épanouissement. Se pose dès lors une nouvelle question : quelles rémunérations attribuer à de telles formes d'activité du moment qu'elles se substituent partiellement aux activités marchandes ? Déductions fiscales pour dons d'argent, mais peut-être demain pour dons de temps ? Instauration d'un impôt négatif, comme le suggérait Georges Friedmann, équivalant à un versement de revenu par la collectivité à ceux dont les ressources privées n'atteignent pas un niveau minimal ? Le problème, vaste et complexe, suppose une véritable révolution culturelle parmi les générations futures.

« Socialisme ou barbarie », disait Léon Trotski. Rifkin dirait plutôt : « Économie sociale ou barbarie », le problème étant de plier le système productif et la distribution des richesses aux exigences de ces nouvelles formes de vie, celles d'une société où les activités purement marchandes seront réduites et les activités socioculturelles plus développées.

Les tenants du libéralisme pur et dur, aujourd'hui fort nombreux, contesteront vigoureusement ces thèses. Pour eux, le mécanisme du « déversement » se perpétuera indéfiniment, alimentant les secteurs de pointe dopés par les besoins sans cesse nouveaux que crée la publicité, et producteurs d'innombrables objets technologiques dont beaucoup ne sont que de simples gadgets. Dans une telle perspective, les personnels rejetés par d'autres secteurs trouveront toujours à s'employer au prix d'une reconversion et d'une formation appropriées.

Mais, si ces pratiques se développent depuis des décennies, le problème de la croissance et de l'emploi se fait de jour en jour plus aigu. Il est surprenant que le socialisme, naguère si puissant en Europe, ait à ce point omis de donner une place de choix aux activités coopératives et mutualistes résultant de la solidarité, permettant ainsi de passer au moins partiellement du libéralisme au mutualisme. Nous n'en prenons plus du tout le chemin. Or, c'est pourtant à ce prix seulement que la crise économique endémique dans laquelle nous nous enfonçons lentement mais sûrement pourra être surmontée[1].

Il est significatif que les mêmes remèdes s'imposent pour la crise écologique. Rien ne pourra être fait pour la maîtrise des grands problèmes environnementaux, eux aussi de plus en plus prégnants, sans l'élaboration de consensus au niveau des politiques et sans une solidarité accrue, au sein des États et entre États, pour maîtriser les graves dérégulations de la planète. Or il est peu probable – il est même tout à fait improbable – que le

1. Ce raisonnement est naturellement à considérer sur le long terme : à court terme, les « embellies » et les « relances » temporaires de la croissance peuvent continuer à faire illusion un certain temps…

personnel politique ait une conscience suffisante de ses responsabilités en la matière. Un récent sondage a même révélé une conscience écologique moindre dans nos milieux dirigeants que dans la société civile. Un tel décalage est inquiétant. Il est vrai que le politique est si affairé à trouver des solutions à court terme aux problèmes de la croissance et de l'emploi qu'il consacre peu de temps de réflexion et encore moins d'action aux questions écologiques, hormis les initiatives des Verts et de quelques personnalités marquantes mais isolées. Or, en écologie comme en économie, sans solidarité il ne se fera rien.

Le système libéral peut-il respecter le « droit de nature », ce fameux *jus naturale* respectueux de la liberté de chacun, tout en préservant l'ensemble de ses besoins vitaux ? Il est manifeste que le libéralisme prive de ce droit les générations futures, et, dès à présent, les peuples et les individus les plus pauvres. Or une organisation sociale n'est acceptable que si elle ne contraint pas ses membres à renoncer à leur « droit de nature » au profit de quelques-uns. Les notions de profit et de lutte économique devront donc faire place à des concepts tels que réciprocité, mutualisme, réconciliation. Seule une exigence éthique unanimement partagée permettra de préserver durablement, pour tous, la liberté et la paix. John Locke disait déjà : « L'État est fait pour les personnes, et non les personnes pour l'État. » C'est donc aux États et à la communauté internationale qu'échoit la tâche d'assurer à tous une vie digne et libre. Si le libéralisme devait s'opposer à ce but ultime, il se condamnerait lui-même.

Loin de voir dans le triomphe de l'économie de marché la « fin de l'Histoire », c'est une toute nouvelle page de notre histoire qu'il convient désormais d'écrire. Solidarność a fait naguère chuter l'empire communiste, relégué au bout de trois quarts de siècle dans les mémoires et les pages des manuels. Le monde capitaliste aussi est vieux. Il serait grand temps sinon de l'éliminer, du moins de l'amender et de le rééquilibrer par une forte dose de solidarité.

Durable et solidaire

À la lecture du chapitre précédent, les critiques risquent d'être nombreuses, car, comme chacun sait, « on n'arrête pas le progrès » ! Or le progrès constant des sciences et des technologies est censé mettre à notre disposition, de génération en génération, des biens et des services toujours nouveaux que nous consommerons avec un appétit lui aussi sans cesse renouvelé. Tel est l'axiome qui préside à l'évolution actuelle de nos sociétés.

Un tel raisonnement mène toutefois à l'impasse. En effet, les ressources de la planète sont limitées et nous ne pourrons faire face à une demande continûment croissante en biens matériels. Si le monde entier vivait à la manière d'un Américain du Nord, il faudrait cinq planètes supplémentaires pour fournir les ressources nécessaires à assurer un tel niveau de vie à tous les Terriens ! Le WWF [1] est une de nos plus importantes associations écologiques, symbolisée par son logo connu de tous : le panda. Il défend la prise en compte d'un nouvel indicateur : l'empreinte écologique, soit la quantité de ressources consommées par chaque habitant de la planète.

1. World Wide Fund For Nature (anciennement World Wildlife Fund).

La prorogation du prélèvement des ressources dues aux activités humaines, génération après génération, n'est en effet concevable que si leur volume se situe au-dessous du niveau des ressources que la Terre peut produire. Ainsi, la plupart des pays d'Asie et d'Afrique se situent actuellement en deçà de ce seuil : alors que la Terre ne peut fournir que des ressources moyennes correspondant à 2 hectares par habitant, un Érythréen n'en consomme que l'équivalent de 0,35 hectare, soit plus de vingt fois moins qu'un Français, qui consomme l'équivalent de 7,3 hectares, et trente-cinq fois moins qu'un Nord-Américain, qui consomme l'équivalent de 12 hectares. Il en résulte que le mode de développement actuel de l'Occident n'est pas *soutenable* à l'échelle planétaire.

Ce mot a été utilisé par Mme Brundtland, ancien Premier ministre de Norvège, dans un rapport aux Nations unies intitulé *Notre futur commun*. Ce rapport, rédigé en 1987, a proposé d'introduire un nouveau concept, celui de « développement soutenable » – « celui qui satisfait les besoins du présent sans risquer que les besoins des générations futures ne puissent plus être satisfaits ».

En France, le terme *sustainable* a été remplacé par « durable ». Cette notion de « développement durable » connaît aujourd'hui un engouement médiatique sans précédent, au point qu'il encourt un sérieux danger : celui de se démoder avant même que ne soient inventées les nouvelles règles favorisant son application et sa mise en pratique.

Le concept de développement durable s'inscrit – au moins à première vue – contre le postulat de base du capitalisme, à savoir la recherche par les entreprises du profit maximum. Hors cette donnée incontournable – une entreprise doit faire du profit si elle ne veut pas mourir –, il introduit dans la sphère économique quatre données supplémentaires : environnementales et sociales, d'une part ;

équilibre dans l'espace avec les pays du Sud, et dans le temps avec les générations futures, d'autre part. Mais, dira-t-on, la prise en compte de ces quatre nouveaux paramètres ne peut que conduire à une minimalisation des profits, car les politiques environnementales et sociales coûtent cher, et le partage dans le temps et l'espace des ressources avec les pays pauvres et les générations à venir ne peut qu'amputer les bénéfices à escompter du présent.

L'introduction du principe de solidarité dans les relations avec les pays du tiers-monde et avec les générations futures détruit un autre postulat implicite jusqu'ici dans toute démarche humaine et parfaitement résumé dans la fameuse expression « Après moi le déluge ! ». Une expression qui pourrait passer du mode symbolique à une réalité tangible si, après nous, le climat de la planète, complètement perturbé par l'effet de serre, devait bel et bien entraîner tornades et inondations en série.

Les 173 États représentés au sommet de la Terre à Rio en 1992 ont signé un plan d'action pour le XXIe siècle englobant ces nouveaux paramètres : l'Agenda 21. Il est censé être décliné en autant d'« agendas 21 » locaux qu'il y a de collectivités locales sur la planète. Dix ans plus tard, de tels programmes ont été mis en œuvre par quelque 6 500 autorités dans 113 pays. En France, 150 collectivités territoriales seulement s'étaient engagées, fin 2002, à se doter d'un « agenda 21 », soit moins de 0,5 % d'entre elles. Le processus s'est accéléré depuis lors et on voit de nombreuses collectivités – municipalités, syndicats de communes, conseils généraux, conseils régionaux – s'engager, par le biais d'un « agenda 21 » local, dans la grande aventure du développement durable. Mais nous sommes ici hors du secteur marchand où la concurrence, à la différence du monde de l'entreprise, n'existe pas. Le problème des coûts concurrentiels ne se pose donc pas dans les mêmes termes, ce qui devrait conduire ces collectivités à prendre de l'avance et à se montrer les pionnières du développement durable.

De leur côté, les entreprises ont abondamment utilisé ce concept pour leur communication, mais, pour ce qui est de sa mise en pratique effective, c'est une tout autre affaire ! La loi fait désormais obligation aux grandes entreprises de faire figurer dans leurs rapports annuels les avancées environnementales et sociales réalisées conformément aux concepts du développement durable. Peu d'entreprises ont jusqu'ici donné une suite crédible à cette obligation (toute récente, il est vrai). Mais c'est souvent sous la pression des circonstances que de telles avancées ont été enregistrées, lorsqu'il n'était plus possible de faire autrement. Car ce sont toujours les situations de crise qui poussent les hommes et leurs organisations à réviser leurs comportements.

Ainsi le pétrolier Shell reconnaît que l'assassinat du Nigérian qui s'était opposé à un projet d'implantation du groupe dans ce pays, en 1995, a servi de catalyseur à un changement radical d'attitude. Une situation similaire a prévalu chez l'Américain Nike, dénoncé par une grande campagne menée par plusieurs ONG contre les mauvaises conditions de travail des salariés et des sous-traitants dans certains pays asiatiques. Ce groupe, spécialisé dans les articles de sport, a mis en place un vaste programme destiné à améliorer le sort de ses salariés. Ikea, BP ou encore Carrefour travaillent désormais avec des ONG pour préserver la qualité de vie des populations vivant à proximité de leurs sites industriels et pour y protéger la biodiversité.

De telles initiatives restent cependant encore exceptionnelles. Il faudra du temps pour passer de la conception traditionnelle de la maximalisation des profits à l'idée d'un développement optimal prenant en compte tous les paramètres cités ci-dessus. Un tel exercice n'est d'ailleurs pas contraire en soi à l'efficacité économique, surtout lorsque, pour certaines firmes, l'adoption d'une stratégie de développement durable est une question de survie. Les cimenteries Lafarge en particulier sont depuis des années dans l'obligation légale de réhabiliter le terrain après l'exploitation d'une carrière, faute de quoi de nouveaux permis d'exploitation leur seraient refusés. Très tôt aussi, ce groupe s'est attaché à réduire ses émissions de gaz carbonique, très élevées dans ce secteur industriel. L'industrie cimentière était en effet à l'origine de 5 % des émissions de ce gaz responsable de l'« effet de serre ». Pour les cimenteries, réduire ces émissions était une nécessité vitale si elles voulaient que le ciment continue d'être accepté par la société, plutôt que d'autres matériaux ou produits alternatifs avec lesquels il est en compétition. La firme a réduit simultanément sa facture énergétique, car les usines modernisées sont à la fois moins polluantes et moins consommatrices d'énergie.

De son côté, le fabricant de composants ST microélectroniques considère dans son rapport social et environnemental que l'« écologie est gratuite », les coûts liés à la prise en compte de l'environnement étant plus que compensés par les économies réalisées en énergie, en consommation d'eau et en produits chimiques.

Ces quelques exemples plaident en faveur de la crédibilité du concept de développement durable, menacé toutefois de se « diluer » dans les campagnes de communication tous azimuts qui pourraient finir par le vider de son sens. Car il ne pourra s'imposer que par une prise de conscience généralisée, et ce, dès l'école, et par une mobilisation écocitoyenne de grande ampleur. À la loi de la concurrence acharnée se substituera ainsi la recherche de solidarités, y compris celles qui nous lient aux populations les plus pauvres du globe – par le commerce équitable, par exemple – et aux générations futures.

Nous n'en sommes encore, il est vrai, qu'à une phase de sensibilisation, mais rien n'aboutira sans une forte volonté politique des gouvernants.

L'ONU a donné à Rio le coup d'envoi et a réédité dix ans plus tard à Johannesburg l'exploit de mobiliser la planète entière sur ce concept. Sa volonté politique n'est pas contestable, même s'il n'en va pas toujours de même des autorités nationales. On songe notamment aux États-Unis, viscéralement attachés au libéralisme le plus dur et à leur boulimie d'énergie et de ressources. Si rien n'était tenté, ce type de développement ruinerait entièrement la planète en l'espace d'un demi-siècle.

ÉPILOGUE

Optimiste ou pessimiste ?

J'ai eu la chance de rencontrer à plusieurs reprises, pour la rédaction d'un livre que nous faisions en commun[1], Théodore Monod, savant chrétien et humaniste engagé, tel que n'en produisent plus guère les générations actuelles. À l'issue d'une longue vie militante, il se disait particulièrement pessimiste pour l'avenir de l'humanité, déplorant l'égoïsme de nos comportements, si caractéristique de notre espèce. Quand deux bandes de chimpanzés s'affrontent, disait-il, on dénombre tout au plus un ou deux morts ; la Deuxième Guerre mondiale et le Goulag ont fait des dizaines de millions de morts ! Comment, me disait-il, une espèce peut-elle survivre à de telles hécatombes sans cesser d'être obnubilée par la production d'armes de plus en plus sophistiquées, alors qu'une importante fraction de sa population souffre de la faim.

J'évoquai pour ma part les grandes figures de l'espérance : l'abbé Pierre, sœur Emmanuelle, le père Ceyrac, mais aussi de belles entreprises comme les Restos du Cœur, le Secours populaire et tant d'ONG caritatives dont l'action sur le terrain est admirable.

---

1. J.-M. Pelt, M. Mazoyer, T. Monod, J. Girardon, *La Plus Belle Histoire des plantes*, Seuil, 1999.

Certes, me répondit-il, et il y eut aussi les grandes voix : celles d'un Bouddha en Orient ou d'un Jésus plus en Occident ; ils nous parlèrent compassion, nous proposèrent de « nous aimer les uns les autres », d'« aimer notre prochain comme nous-mêmes ». Et d'ajouter : « Nul ne critique ces messages connus et reçus par tous. Mais qui les met vraiment en pratique ? Nous nous sommes gardés jusqu'ici de les essayer pour de bon, ajouta-t-il tout en me fixant de son regard plein d'humanité ; or sans un puissant sursaut spirituel, nous n'y arriverons jamais. Mais si l'on essayait pour de bon de mettre ces préceptes en pratique, je suis sûr que cela marcherait : le monde et la vie en seraient entièrement transformés !

— Chiche ! lui répondis-je.

— Oui, pour de bon, Jean-Marie ! Pour de bon…

BIBLIOGRAPHIE

Livre 1 : Chez les végétaux

BLANC, Patrick, *Être plante à l'ombre des forêts tropicales*, éd. Nathan, 2002.

BOULLARD, Bernard, *Guerre et paix dans le règne végétal*, éd. Ellipses, 1990.

DUVIGNEAUD, Paul, *La Synthèse écologique*, éd. Doin, 1980.

HALLÉ, Francis, *Éloge de la plante. Pour une nouvelle biologie*, éd. du Seuil, 1999.

LOREAU, Michel, HECTOR, Andy, « Partinioning selection and complementarity in biodiversity experiment », *Nature*, n° 412, juillet 2001.

MAETERLINK, Maurice, *L'Intelligence des fleurs*, éd. Fasquelle, 1928.

NISSIM AMZALLAC, Gérard, *L'Homme végétal*, éd. Albin Michel, 2003.

PELT, Jean-Marie, *Drogues et plantes magiques*, éd. Fayard, 1983.

PELT, Jean-Marie, *La Vie sociale des plantes*, éd. Fayard, rééd. 1985.

PELT, Jean-Marie, *De l'Univers à l'être, réflexions sur l'évolution*, éd. Fayard, 1996.

PELT, Jean-Marie et STEFFAN, Franck, *La Loi de la jungle : l'agressivité chez les plantes, les animaux et les humains*, éd. Fayard, 2003.

PERROT, Julien, « L'amour des lichens », *La Salamandre*, n° 148, fév.-mars 2002.

PORTIER, Paul, *Les Symbiotes*, éd. Masson, 1918.

VAN STEENIS, J., *Biological Journal of the Linnean Society*, 1969, pp. 97-133.

Livre 2 : Chez les animaux

BOMSEL, Marie-Claude, *La Vie rêvée des bêtes. Elles ne sont pas ce que nous croyons !*, éd. Michel Lafon, 2003.

CAMPAN, Raymond et SCAPINI, Felicita, *Éthologie. Approche systématique du comportement*, éd. De Boeck-Université, Bruxelles, 2002.

CHAUVIN, Rémy, *Les Sociétés animales*, PUF, coll. « Le Biologiste », 1982.

CYRULNIK, Boris, MATIGNON, Karine Lou, FOUGEA, Frédéric, *La Fabuleuse Aventure des hommes et des animaux*, éd. du Chêne, 2001.

DAWSKIN, Richard, *Le Gène égoïste*, éd. Odile Jacob, Paris, 2003.

DELIGEORGES, Stéphane, « Échanges mielleux et intéressés », *La Recherche*, n° 353, mai 2002.

DELIGEORGES, Stéphane, « Opération Kakapo », *La Recherche*, n° 360, janv. 2003.

DE WAAL, Frans, *De la réconciliation chez les primates*, éd. Flammarion, 1992.

JOLIVET, Pierre, *Les Fourmis et les plantes. Un exemple de coévolution*, éd. Boubée et Fondation Singer, 1986.

Mémoires d'un biologiste : Von Frisch, le professeur des abeilles, éd. Belin, coll. « Un savant, une époque », 1987.

MOUSSAÏEF-MASSON, Jeffrey et MCCARTHY, Suzan, *Quand les éléphants pleurent : la vie émotionnelle des animaux*, éd. Albin Michel, 1997.

PACCALET, Yves, *La Mer et la vie*, éd. Larousse, 1994.

PELT, Jean-Marie, *Les Plantes : amours et civilisations végétales*, éd. Fayard, 1986.

PELT, Jean-Marie, *Mes plus belles histoires de plantes*, éd. Fayard, 1986.

PELT, Jean-Marie et STEFFAN, Franck, *La Loi de la jungle*, éd. Fayard, 2003.

PICQ, Pascal, DIGARD, Jean-Pierre, CYRULNIK, Boris, MATIGNON, Karine, Lou, *La Plus Belle Histoire des animaux*, éd. Seuil, 1999.

SHUKER, Karl, *Les Pouvoirs secrets des animaux*, éd. Larousse, 2002.

SOURY, Gérard, *Dauphins en liberté*, éd. Nathan, 1996.

WWF, *Parcs naturels du monde*, éd. Larousse, 1990.

Livre 3 : Les sociétés humaines

CHAUVIN, Rémy, *Le Darwinisme ou la fin d'un mythe*, éd. du Rocher, 1997.

Darwin, la vie d'un naturaliste à l'époque victorienne, l'autobiographie, éd. Belin, coll. « Un savant, une époque », 1985.

KROPOTKINE, Piotr, *L'Entraide. Un facteur de l'évolution*, éd. Écosociété, coll. « Retrouvailles », 2001.

Panda magazine, Dossier : Empreinte écologique, n° 89, juil. 2002.

PELT, Jean-Marie et STEFFAN, Franck, *La Loi de la jungle*, éd. Fayard, 2003.

PELT, Jean-Marie, *L'Homme renaturé*, éd. du Seuil, 1977, rééd. 1991.

RIFKIN, Jeremy, *La Fin du travail*, La Découverte/Poche, 1997.

TORT, Patrick, *Darwinisme et société*, PUF, 1992.

BIBLIOGRAPHIE À PARTIR D'INTERNET

BERNIER, Emmanuel, Les associations symbiotiques dans le milieu subaquatique. Rapport d'initiateur fédéral en biologie subaquatique, juil. 2001. http://www.radiocanada.ca/par4/soc/altruisme/3 entraide.html

De l'entraide, de la coopération… et de l'évolution http://www.radiocanada.ca/par4/soc/altruisme/3 entraide.html

HAMEL, Jean-François, MERCIER, Anne, Symbioses (la suite de l'histoire)… http://www.crosswinds.net/seve/french/ Symbiosis.html

La symbiose http://www.cheznoo.net/eglise evangelique. spm/richesse/symbiose.html

La symbiose, Le mutualisme
http://www.lasymbiose.free/html/mutualisme.html

Bricage, Pierre, La nature de la décision dans la nature ?
http://www.afscet.asso.fr/

L'agriculture biologique produit les sols les plus fertiles – Les « champignons des racines » maintiennent la biodiversité et favorisent la croissance des plantes, Communiqué de presse, Berne, 18 janv. 1999.
http://www.snf.ch/fr/com/prr/prr arh 99janv18.asp

Lerat, Sylvain, Étude des relations source/puits de carbone dans la symbiose endomycorhizienne à arbuscules, thèse de doctorat en biologie, Université Laval, 2003.
http://www.theses.ulaval.ca/2003/20826/ch01.html

La symbiose ectomycorhizienne
http://mycor.nancy.inra.fr/fr/about/ectoMorphogenesis.html

Endosymbioses chez les eucaryotes
http://cgdc3.igmors.u-psud.fr/microbiologie/Endosymbioses.htm

Mycologie végétale Mycorhizes et interactions compatibles plante-champignon biotrophes
http://www/smcv.ups-tlse.fr/root/equipes/mycologie/equipe.php

La complémentarité des espèces maintient la productivité des écosystèmes, Communiqué de presse, 4 juil. 2001.
http://www.cnrs.fr/cw/fr/ComplementEspeces.htm

Index du monde végétal

Index du monde animal

Index des noms de lieux

Index des noms de personnes et de peuples

Table

Du même auteur :

Les Médicaments, collection « Microcosme », Le Seuil, 1969.

Évolution et sexualité des plantes, Horizons de France, 2e édition, 1975 (épuisé).

L'Homme renaturé, Le Seuil, 1977 (grand prix des lectrices de *Elle*. Prix européen d'Écologie. Prix de l'académie de Grammont), réédition 1991.

Les Plantes : amours et civilisations végétales, Fayard, 1980 (nouvelle édition revue et remise à jour, 1986).

La Prodigieuse Aventure des plantes (avec J.-P. Cuny), Fayard, 1981.

La Médecine par les plantes, Fayard, 1981 (nouvelle édition revue et augmentée, 1986).

Drogues et plantes magiques, Fayard, 1983 (nouvelle édition).

La Vie sociale des plantes, Fayard, 1984 (réédition, 1985).

Mes plus belles histoires de plantes, Fayard, 1986.

Le Piéton de Metz (avec Christian Legay), éd. Serpenoise, Presses universitaires de Nancy, Dominique Balland, 1988.

Fleurs, Fêtes et Saisons, Fayard, 1988.

Le Tour du monde d'un écologiste, Fayard, 1990.

Au fond de mon jardin (la Bible et l'écologie), Fayard, 1992.

Le Monde des plantes, Le Seuil, collection « Petit Point », 1993.

Une leçon de nature, L'Esprit du temps, diffusion PUF, 1993.

Des légumes, Fayard, 1993.

Des fruits, Fayard, 1994.

Paroles de nature, Albin Michel, 1995.

Dieu de l'Univers, science et foi, Fayard, 1995.

Les Langages secrets de la nature, Fayard, 1996.

De l'univers à l'être, réflexions sur l'évolution, Fayard, 1996.

Plantes en péril, Fayard, 1997.

Le Jardin de l'âme, Fayard, 1998.

Plantes et aliments transgéniques, Fayard, 1998.

La Plus Belle Histoire des plantes (avec M. Mazoyer, T. Monod et J. Girardon), Le Seuil, 1999.

La Cannelle et le Panda, Fayard, 1999.

La Terre en héritage, Fayard, 2000.

Variations sur les fêtes et les saisons, Le Pommier, 2000.

À l'écoute des arbres, photographies de Bernard Boullet, Albin Michel Jeunesse, 2000.

La vie est mon jardin. L'intégrale des entretiens de Jean-Marie Pelt avec Edmond Blattchen, émission

Noms de Dieux, RTBF/Liège, Alice Éditions, diffusion DDB, Belgique, 2000.

Robert Schuman, père de l'Europe, éd. Conseil général de la Moselle et Serge Domini, 2001.

Les Nouveaux Remèdes naturels, Fayard, 2001.

Les Épices, Fayard, 2002.

L'Avenir droit dans les yeux, Fayard, 2003.

La Loi de la jungle : l'agressivité chez les plantes, les animaux et les humains (en collaboration avec Franck Steffan), Fayard, 2003.

Dieu en son jardin, Desclée de Brouwer, 2004.

Les Vertus des plantes, Éditions du Chêne, 2004.

Nouveau tour du monde d'un écologiste, Fayard, 2005.

C'est vert et ça marche !, Fayard, 2007.

Nature et spiritualité, Fayard, 2008.

La Raison du plus faible, Fayard, 2010.

L'Evolution vue par un botaniste, Fayard, 2011.

Composition réalisée par Chesteroc Ltd

Achevé d'imprimer en août 2011, en France sur Presse Offset par
Maury-Imprimeur - 45330 Malesherbes
N° d'imprimeur : 165131
Dépôt légal 1re publication : juin 2006
Édition 05 - août 2011
Librairie Générale Française - 31, rue de Fleurus - 75278 Paris Cedex 06

31/1423/8